KB134082

깨달음을 얻은 개

진정한 자신을 만나는 이야기

깨달음을 얻은 개

도네 다케시 소설

강소정 옮김

ⓔ 21세기문화원

진정한 자신이란 무엇일까?

진정한 자유란 무엇일까?

알고 싶지 않아?

일러두기

이 책은 刀根 健의 『さとりをひらいた犬』(SBクリエイティブ, 2021)를 옮긴
것이다. 국립국어원의 표기 원칙에 따라 될 수 있으면 우리말을 살렸다.

차   례

제1장 여행길에 오르다 — 영혼의 소리를 들어라

1

안녕.

나는 존, 사냥개야.

주인님의 총소리를 좋아해.

그 메마른 소리,

공기를 가르는 날카로운 소리,

그 소리는 나를 휘몰아 대는 신호탄 소리란다. 그 메마른 소리를 들으면 나도 모르게 뛰쳐나가고 싶어서 어쩔 줄 모르지.

왜냐고?

그때가 바로 내가 나갈 차례니까.

주인님은 멧돼지나 사슴, 곰 같은 커다란 짐승뿐만 아니라 발이 빠른 말과 작은 여우, 토끼와 하늘을 나는 매도 놓치는 법이 없어.

총소리가 울리자마자 나는 상처 입은 사냥감에게 쏜살같이 달려가서 덥석 물어 숨통을 끊고 큰 소리로 주인님을 불러.

그러면 주인님이 굉장히 기뻐하며 오셔서 나에게 맛있는 말린 고기 같은 상을 잔뜩 주시지. 내 삶의 보람은 말이야, 주인님의 웃는 얼굴과 상으로 받는 육포라고. 그 웃음과 상만 있으면 나는 어떤 강적이라도 맞설 수 있어.

주인님은 나를 무척 귀여워해 주셔. 왜냐면 난 일곱 마리 개 가운데 리더잖아. 가장 잽싸고 가장 영리하며 무엇보다도 가장 용감하거든. 후후후.

하지만…,

그래, 그날…,

그날을 경계로 나는 변해 버렸어.

뭐가 어떻게 변했냐고?

지금부터 그 이야기를 해 줄게.

너무 재촉하지 마.

그날…, 그래, 잊을 수 없는 그날…, 나는 평소처럼 주인님이랑 사냥을 하러 갔어.

구름 한 점 없는 탁 트인 파란 하늘이 펼쳐진 상당히 멋진 날이었지.

그날 주인님은 숲으로 들어가기 전에 초원에 멈춰 서서 주의 깊게 숲을 바라보기 시작했어.

그러다 갑자기 눈을 가늘게 뜨고 총을 준비하시더라고.

'사냥감을 발견하신 걸까?'

나의 센서가 반응했지.

'좋았어. 내 차례다.'

나는 잽싸게 돌진할 자세를 취했어. 앞다리는 구부려 힘을 빼고, 뒷다리는 힘을 주어 발톱으로 땅을 꽈악 움켜쥔 다음, 꼬랑지를 사알짝 세웠지. 이 준비가 출발 속도를 가름하거든.

주인님 모자에 붙어 있는 큰매의 깃털 장식이 바람에 하늘하늘 날리고, 엽총이 사냥감을 겨누며 수평으로 흐르듯 움직이던 그 찰나,

"탕!"

정말 내가 좋아하는 메마른 총성이 울렸어.

나는 다른 개들을 순식간에 앞질러서 총이 가리키는 방향으로 뛰어나갔지.

사냥감은 초원에서 숲으로 바뀌는 어름에서 약간 후미진 곳에 있는 것 같더라고. 나의 직감이 그렇게 속삭이더라니까.

내 발의 기어가 최고 속도를 낼 때쯤이면 이미 다른 개들은 상대도 안 돼.

'오늘도 내가 상을 받겠군.'

나는 우월감을 느끼면서 바람처럼 달렸어. 기분 째지더라. 난 최고야. 그리고 숲속에 들어가 멈춰 서서 둘레를 죽 훑어 보았지.

'피 냄새가 나는군….'

주변에 비릿한 냄새가 진동했어. 이렇게까지 피 냄새를 확 풍기다니, 녀석은 엄청난 상처를 입은 게 틀림없었어.

오감 안테나를 최고 레벨까지 올리고 주위를 찬찬히 바라보았는데, 시야의 왼쪽 언저리에 불그스름한 것이 스치더라고. 재빠르게 그곳을 주시했더니 커다란 혈흔이 눈에 들어오더군. 단박에 그리로 뛰어가 킁킁 냄새를 맡으면서 더 신중하게 주위를 살폈지.

상처 입은 사냥감만큼 위험한 상대는 없거든…. 그간 수많은 강적들과 싸우면서 상처 입은 사냥감이 얼마나 무서운지 호되게 배웠어.

내 이마에 있는 초승달 모양의 상처는 서쪽 숲의 왕이라 불리던 거대한 백마 '화이트 킹'에게 앞발로 차였을 때 생긴 거야. 반으로 찢긴 꼬랑지털은 북쪽 계곡의 주인이라 불리던 힘센 멧돼지 '갈도스'한테 물어뜯긴 거고. 나는 그 강적들의 숨통을 확실히 끊어 놓았지. 자랑은 아니지만, 이 근방에서 내 이름은 쪼금 알려져 있대.

주의력을 총동원해서 조심스레 사방을 뜯어보자 아주 가느다랗게 띄엄띄엄 계속되는 혈흔이 눈에 잡히더라.

'이 앞에 사냥감이 있다…!'

내 육감이 속삭이더군. 나는 사냥감에게 덤벼들어 마지막 숨통을 끊기 위해 몸을 굽히고 양발을 옹그리며 으르렁으르렁 전투 태세를 취했어.

핏자국은 5미터쯤 이어지더니 내 키만 한 풀숲 속으로 가뭇없이 사라지더라.

수풀 사이로 나지막이 움츠려 여남은 발짝 나아가자, 그야말로 '짐승' 한 마리가 자빠져 있었어. 멧돼지도 아니고, 사슴도 아닌 것이…, 개와 비스무리하나 개치고는 꽤 크데. 아니 상당히 컸어. 가까이 가서 쓰러져 있는 짐승을 보고 커다란 개인 줄 알았다니깐. 온몸이 거무스름한 은빛 털로 덮여 있고 몸집은 내 두 배나 되겠더라.

이런 큰 개는 난생 처음이야…. 나는 고꾸라진 큰 개에게 다가가 멈춰 섰어.

'주인님은 개를 쏘신 걸까…?'

사냥감의 가슴에서 피가 엄청 많이 흘러나와 풀숲에 큼지막한 피 웅덩이를 이루고 있었어.

'주인님의 총알이 큰 개의 가슴을 관통한 거구나. 역시 우리 주인님이셔!'

큰 개의 주둥이에서도 피가 철철 떨어져서 땅은 마치 옹달 샘에 적시듯 축축지근했어. 이미 대가리를 옴짝달싹 못 하는 것 같더라고.

큰 개는 쌔액쌕 괴로운 숨을 몰아쉬며 가느스름히 눈을 떴어. 그 깊은 푸른빛 눈동자가 고즈넉이 나와 마주친 찰나…, 내 등줄기를 타고 뭔가 오싹오싹 치솟더군.

"아, 동족인가?"

그 개는 고단한 듯 미소를 지으며 말하더구먼. 목소리가 묘하게도 사뭇 따뜻했어.

"….."

나는 뭐라고 대답해야 좋을지 몰랐어. 왜냐면 그 개는 사냥감이고, 난 그놈을 죽이러 온 거잖아.

"그런 낯짝 하지 마. 누구에게나 죽음은 찾아오지. 오늘은 내가 죽는 날이고…. 내 죽음을 알아차린 게 동족인 너여서 다행이야. 너, 이름이 뭐냐?"

"나는… 존."

"그래? 존, 좋은 이름이네. 나는 다르샤. 뭐, 이제 곧 저세상으로 갈 테니 이름은 상관없으려나. 흐흐."

그렇게 말하고 다르샤는 입가에 미소를 띠었다.

'이 개는 지금 죽게 생겼는데 웃고 있네?'

나는 머뭇거리며 물었어.

"넌 도대체….”

“나는 개가 아니라 늑대야. 늑대를 아나?”

“아니….”

“그렇군. 늑대란 말이야, 너희에겐 형 같은 거야.”

다르샤는 힘겨워도 친근히 말했다.

“늑대….”

늑대를 보는 건 처음이었다.

다르샤는 맑은 푸른빛 눈으로 나를 바라보며, 크게 숨을 들이쉬더니 뜬금없는 질문을 던졌어.

“존, 너는… 뭐냐?”

“뭐? 무슨 소릴 하는 거야? …, 뭐냐니?”

나는 되물었다.

“그러니까 존, 너는 뭐냔 말이야?”

“나…, 나는 사냥개다.”

“흠, 사냥개…라.”

“그래, 그래서 뭐가 어쨌다는 거야.”

“그런가. 넌 사냥개였나.”

“그래, 그래서 뭐가 어쨌단 거냐고?”

다르샤는 느긋이 미소 지으며 대꾸했다.

“존, 너는 인간에게 ‘길러지고’ 있는 거야.”

‘길러진다’는 말이 왠지 마음속 깊이 콕 박혔다.

"그, 그래. 그게 어때서?"

뱃구레 아래쪽 깊숙한 곳이 슬슬 두근거렸다.

'왜지? 왜 뱃속 깊은 데가 뒤숭숭하지? 길러지고 있다니? 뭐라는 거야!'

나는 마음의 동요를 숨기듯이 되받아쳤다.

"그게 뭐 어떻단 거냐고!"

다르샤는 아랑곳하지 않고 말했다.

"내 목숨은 이제 곧 끝나. 마지막에 널 만난 것도 뭔가 인연이니 좋은 걸 가르쳐 줄게. 그치만 들을지 말지 결정하는 건 존, 너 자신이야."

"뭔데?"

"우리는 누군가에게 '길러지기' 위해서 태어난 게 아니야. 우리의 본질은 '자유'라고."

'뭐라고? 길러지기 위해 태어난 게 아니라고? 본질은 자유? 무슨 말을 하는 거야?'

다르샤는 계속했다.

"존, 네 일은 주인님이 쏜 사냥감의 목숨을 빼앗고 그걸 입에 물고서 돌아가는 거잖아?"

"그래, 그게 사냥개잖아. 그게 뭐 어떻단 거야?"

"그게 진정한 네 모습인가?"

"뭐라고?"

'진정한? 진정하다는 게 뭐지?'

그런데 그때 나는 문득 깨닫고 말았다. 아니, 사실은 이미 알고 있었는지도 모른다. 주인님의 총소리에 맹목적으로 반응하고 달려 나가는 평소의 내 모습을. 아무런 의심도 거리낌도 없이 무자비하게 목숨만 빼앗아 온, 그 숱한 나날의 잔혹 행위들을.

절망적인 눈을 한 토끼, 필사적으로 살고자 했던 수사슴…, 그리고 죽음 직전에 저 화이트 킹과 갈도스가 보였던, 모든 것을 받아들이는 듯한 차분하고 고요한 눈동자….

마치 신경 안 쓰듯 묵직한 뚜껑을 덮어서 감춰 두었던 것이 예기치 않은 충격으로 갑자기 열려 버린 듯한 느낌이었다.

"알겠어? 너는 인간을 섬기기 위해, 인간한테 길러지기 위해 태어난 게 아니라고. 그저 어쩌다 그런 환경에서 태어났을 뿐이야."

"환경?"

"그래, 그리고 유감스럽게도 넌 그렇게 사는 방법밖에 모르지. 전혀 몰라. 아무것도 모른다고. 그래서 넌 네 대가리로는 아무것도 생각하지 못한 채 극히 작은 세계 속에서 습관적·기계적·반응적으로 그저 생존하고 있을 뿐이야."

"뭐라고!"

'내가 아무것도 모른다고?

내가 아무것도 생각하지 못한다고?

내가 습관적? 기계적? 반응적이라고?

그저 생존하고 있을 뿐이라고?

뭐라는 거야. 이 자식!

나는 존이야. 화이트 킹과 갈도스를 무찌른 그 존이라고.'

순간, 평소의 내가 마음속으로 반박했다.

"너는 진정한 자신을 몰라."

다르샤의 푸른 눈빛이 나를 꿰뚫었다.

'진정한 자신?'

나는 마음속에 샘솟는 의심을 뿌리치려고 말했다.

"그게 뭐 어떻단 거야? 뭐가 나쁜데? 너도 주인님의 총에 맞은 거 아냐?"

"아니, 아니, 그런 게 아냐. 진정하라고. 그럼 묻겠는데, 넌 네가 숨통을 끊은 사냥감들과 무슨 원한이라도 있었던 거야? 아니면 그들을 네가 살기 위한 '식량'이라고 생각해서 잡았나? 그래서 그들의 목숨이 네 목숨이 되었나?"

"아니…, 그런 건 아니지만….."

"원한도 없는 동물들을 죽여서 인간님께 갖다 바치고 상으로 먹이를 받고…. 넌 그저 그것뿐인 존재야?"

'그것뿐?

그저 그것뿐…?

그건 그저 그것뿐인 거였나?

아냐, 아냐, 아냐! 그런 게 아냐!

나의 일이 그저 그것뿐이라니 절대로 아니야. 그럴 리 없어. 만약 정말 그런 것이었다면 나는 도대체 뭐지? 지금까지의 나는 뭐였냐고…? 그러니까 그것뿐인 게 아니야, 절대로 그런 게 아니라고.

나는 사냥개야. 주인님께 사랑받는 굉장히 우수하고 유명한 사냥개 존이라고!'

구차스레 변명거리를 늘어놓자니 말문이 막혀 버렸다. 열심히 머리를 짜내 보았으나, 어쩐지 대답에 힘이 실리지 않고 다르샤의 지적을 인정할 수밖에 없었다.

"그…, 그게 나의 일이야! 그게 나라고."

"다시 한 번 말하지. 우리의 본질은 '자유'야. 우리가 태어난 건 누군가에게 길러지기 위해서도, 누군가에게 봉사하기 위해서도 아니야. 누군가에게 이용당하기 위해서는 더더욱 아니고."

"…"

"너는 네가 자신 이외의 누군가에게 상을 받으며 살아가는 그것뿐인 존재라고 단언하지 마. 우리는 스스로 삶의 방식을 선택하고 자신의 의지로 살아갈 힘이 있다고."

'자신의 선택? 자신의 의지?

그러고 보니 내가 지금까지 스스로 선택한 적이 단 한 번이라도 있었던가?

항상 정해진 레일 위로만 나아가고….

주어진 역할만 해낼 뿐이고….

주인님의 기대에 부응하고 있을 따름….

그것이 보통이라고 생각하며….

거기에 과연 '나'는 있었던가?

"생각해 내, 존! 진정한 자신을."

'나? 진정한 나? 진정한 나라는 게 뭐지?'

다르샤의 깊은 음성이 내 안에서 울렸다. 그 소리는 마치 뭔가를 움직이게끔 하는 드럼처럼 낮고 강하게 가슴속 밑바닥부터 쿵쿵대기 시작했다.

'뭐지, 뭐야? 이 느낌은?'

"네가 지금 사는 방식이 충분히 만족스럽다면 그보다 더 좋은 일은 없지. 하지만 너 자신에게 잘 물어봐."

"뭐…, 뭘 물어봐?"

"지금의 나는 '진정한 자신'일까? '나는 진정한 나로서 살아가고 있다!'고 말할 수 있을까?"

다르샤는 거기에서 한 번 말을 끊고 내 눈을 지그시 바라보며 다시 물었다.

"'이게 나야. 진정한 나 자신이야!'라고 한 점 의심도 없이 가슴을 펴고 자신의 존재에 대해 단언할 수 있어?"

"그…, 그건…."

그렇게…, 말할 수는 없지, 라고 마음 어딘가에서 목소리가 들렸다. 그 순간 눈물이 나올 것 같았다. 뭐지, 이건!

"존…, '생존하고 있다'는 것과 '정말 살아 있다'는 것은 존재의 형태가 달라. 지금 너는 생존하고 있을 뿐이지 살아 있는 게 아니야. 그걸 깨달아야 해."

"내가 살아 있지 않다고?"

다르샤는 그 말에 대답도 없이 이야기를 계속했다.

"진정한 자신이란 무엇일까? 진정한 자유란 무엇일까? 그걸 알고 싶지 않아?"

'진정한 자신…? 진정한 자유…?'

다르샤는 거기까지 이야기하더니 쿨럭하고 기침했다. 그의 입에서 피가 넘쳐흘렀다.

"괜찮아…?"

엉겁결에 말을 걸긴 했지만, 그건 사냥개가 사냥감한테 건넬 대사는 아니었다. 다르샤는 크고 깊은 푸른 눈을 어슴푸레 뜨며 말했다.

"괜찮아. 난 금방 죽을 거야. 신경 쓰지 마. 근데 별로 시간이 없는 것 같구나. 그전에 너에게 말해 둘게. 난 북쪽 땅에서 왔어."

"북쪽 땅…."

"그래, 여기서 꽤 떨어진 곳이지. 거기엔 '하이랜드'라고 불리는 '우리들의 고향'이 있어. 나 같은 늑대들뿐만이 아니야. 너처럼 인간에게 길러진 녀석들도 진정한 자신을 찾기 위해 그곳으로 오지. 하이랜드는 진정한 자신, 진정한 자유를 깨달은 자만이 다다를 수 있는 장소야. 여기저기 여행하면서 그런 녀석들에게 '길 안내'를 하는 게 내가 선택한 인생이었지."

"길 안내…?"

"그래, 길 안내 말이야. 그러니까 만약 내 이야기를 듣고 네 마음속이 조금이라도 술렁인다면, 내 마지막 초대장이 네게 도달했다는 뜻이 되지."

"마지막… 초대장…."

"존, '영혼의 소리'를 들어 봐."

"영혼의 소리…?"

"그리고 만약 '진정한 자신'을 찾을 결심이 선다면 북쪽으로 가서 베렌산이란 산을 찾아. 그곳으로 가."

"베렌산? 거기에 뭐가 있는데?"

"초조해하지 마. 모든 일에는 순서라는 게 있지. 가 보면 알아."

거기까지 말하고, 그는 또 쿨럭 기침하며 커다란 핏덩어리를 토해 냈다.

"다르샤…."

가슴 깊은 데서 뜨겁게 샘솟는 뭔가가 울컥 치밀어 올랐다.

그 뜨거운 것이 '가! 가는 거야, 존! 진정한 자신을 찾아내!' 라고 몰아대는 것 같았다.

'이게 영혼의 소리…?'

뒤늦게 달려온 동료들의 울음소리가 멀리서 들리다가 점점 가까워져 왔다.

다르샤는 깊고 푸른 눈으로 나를 바라보며 부드럽게 말을 이었다.

"모든 일은 정해져 있던 거야. 오늘 내가 여기서 총에 맞고 너와 만난 것도 말이야. 그럼, 존, 이제 헤어질 때다. 알겠어? 갈피를 못 잡을 때는 영혼의 소리를 듣는 거다. 영혼은 모든 걸 알고 있으니까."

"영혼은 모든 걸 알고 있다…."

"그래, 잊지 마! 존."

다르샤는 싱긋 미소를 짓고는 맑게 갠 넓은 하늘을 올려다 보았다.

"나는 저쪽 세상으로 간다. 나는 나로서 살았어. 진정한 나로서. 힘껏 살고 살아서 진정한 나를 살아 냈다. 얼마나 행복한 일생이었나. 신이시여, 위대한 존재여, 감사합니다. 정말로 정말로 감사합니다."

그리고 또 나를 깊고 맑은 푸른 눈으로 바라보았다.

"존, 내 마지막 얘길 들어 줘서 고마워."

말을 마치자 깊은 푸른빛의 눈에서 생기가 사라졌다. 나는 다르샤가 죽었다는 것을 깨달았다. 조금 전까지 다르샤였던 존재는 생기를 아예 잃고 그저 물체가 되어 버렸다.

늦게 도착한 동료들이 달려왔다.

"존, 뭐야? 이 녀석은? 엄청 큰 개네."

친구 해리가 숨을 헐떡이며 말을 건넸다.

"개가 아니라 늑대야."

"늑대구나…, 무지 크네. 처음 봐."

내가 살짝 기운이 없는 걸 눈치챘는지 해리가 물었다.

"왜 그래, 존! 평소의 너답지 않게. 좀 더 기뻐해. 공로를 세웠잖아. 혹시 어디 당하기라도 했냐?"

"아니야, 괜찮아. 당한 데 없어."

내 목소리는 스스로도 놀랄 만큼 기어들어 갔다.

동료 개들은 저마다 크게 짖으면서 주인님께 장소를 알려 주기 시작했다. 잠시 후 말을 탄 주인님이 수행원 두 명과 사냥감을 실을 말 한 마리를 더 끌고 왔다.

"오오, 늑대인가? 크네! 최상품이다. 이 주변에서 늑대는 보기 힘들지. 털 모양도 좋고 관록도 있군. 무엇보다 이 푸른 눈깔이 좋아. 이 눈매, 이 녀석은 상당히 역전의 명수라고. 이건 다른 동료들에게 자랑할 만하군. 존, 또 네 공로구나. 돌아가면 상을 주마."

　주인님은 그렇게 말하더니, 수행원에게 '옮겨 두라'며 후딱 지시하고는 다음 사냥을 위해 또 떠나 버렸다.

　동료 개들은 주인님께 뒤질세라 저마다 짖어 대며 뒤좇아 달려갔다. 내가 달리면서 뒤를 돌아보니 수행원 두 명이 합세하여 다르샤를 대충 말 등짝에 던지듯이 얹고 있었다.

　나는 그걸 보고 너무 슬퍼졌다.

2

그날부터 몇 주가 흘렀다.

나는 변함없이 주인님과 매일 사냥을 다니고 있었지만, 다르샤를 만난 그날 이후 사냥에 열중할 수 없게 되었다. 무엇보다 그렇게 좋아하던 주인님의 웃는 얼굴도 상으로 받는 말린 고기도 더 이상 기쁘지만은 않았다.

그렇다 보니 나날이 공로도 줄어들어서 주인님도 내가 어디 다친 건 아닐까 하고 걱정해 주셨다. 나는 이제 이전만큼 사냥에 기쁨을 느끼지 못하게 되었다는 사실을 스스로 인정하지 않을 수 없었다. 나는 그날 변해 버린 것이다.

주인님의 저택 큰 방에 박제된 다르샤의 얼굴을 창문 너머로 볼 때마다, 지금은 푸른색 유리구슬이 박힌 그 눈동자를 볼 때마다, 내 가슴 속에서 뜨거운 뭔가가 솟구쳐 올라왔다. 그럴 때면 뭐라 말할 수 없는 슬픔과 초조함이 휘몰아쳤다.

사냥감의 숨통을 끊을 때면 어딘가에서 다르샤의 따스한 목소리가 들려왔다.

(너는 네가 숨통을 끊은 사냥감들과 뭔가 원한이라도 있었던 거야?)

주인님께 상을 받을 때 또 다르샤의 목소리가 울려 퍼졌다.

(넌 그저 그것뿐인 존재야?)

'아아, 어떻게 하면 좋을까….'

어느 날 해리가 걱정하며 말을 걸어왔다. 그는 굉장히 사려 깊고 아는 것도 많으며…, 내가 의지하는 친구이자 무리의 세컨드 리더이기도 했다.

"왜 그래 존, 너 요즘 이상해. 그 늑대가 죽은 날부터 계속…. 무슨 일 있었어?"

눈치가 빠른 해리는 뭔가 어렴풋이 느끼고 있던 것 같았다.

"아무것도 아니야. 신경 쓰지 마. 금방 나을 테니까."

나는 그렇게 강한 척 대꾸했지만, 기분은 전혀 나아지지 않았다.

그러던 어느 날 나는 괴로워서 잠들지 못하다가 마침내 하늘이 붉게 물드는 새벽녘에야 해리한테 비밀을 고백하고 말았다.

"해리, 실은 고민이 있어."

나는 옆에서 웅크리며 자고 있는 그에게 말을 걸었다.

그러자 해리가 살짝 눈을 뜨더니 씨익 웃었다.

"좋아, 얘기해 봐."

나는 다르샤와 있었던 일, 그리고 최근 들어 머릿속에서 자꾸 속삭이는 다르샤의 목소리 등을 단숨에 털어놓았다.

아무 말도 없이 가만히 듣고 있던 해리는 이야기가 끝나자 한동안 침묵하다가 천천히 입을 열어 조용히 말했다.

"그만둬."

"어?"

"그만두라고."

해리는 강렬한 눈빛으로 나를 쏘아보았다.

"존, 너는 여길 떠날 생각인 거지?"

"아아, 이대로라면…, 결국 그렇게 될지도 몰라."

"우리가 바깥에서 살아갈 수 있겠냐? 우리는 매일 주인님께 먹이를 받아서 살아가잖아. 밖에 나가서 어떻게 살아갈 생각인데? 그건 무리야, 무리!"

"그…, 그럴까? 하지만 숲에는 사냥감이 많고…."

"확실히 우리는 사냥개고 밖에는 사냥감이 있지. 근데 만일 사냥감을 못 잡으면 어떡할래? 사냥감이 늘 있으란 법은 없잖아. 게다가 우린 팀으로 사냥하는 사냥개라고. 혼자선 아무 것도 못 해. 알겠어?"

"하지만….."

"하지만 뭐? 우리는 어차피 사람이 기르는 개야. 매일 정해진 시간에 정해진 장소에서 맛있는 밥을 먹을 수 있어. 그런데 뭐가 불만이냐? 자기 일을 완수하기만 하면 아무 고생도 없이 밥을 먹을 수 있다고. 매일매일 말이야. 바깥의 동료들은 늘 배가 고파. 누군가에게 습격당하진 않을까, 밥을 먹을 수나 있을까 하며 늘 불안한 날들이라고. 바깥세상은 약육강식과 굶주림이 만연하고 지나치게 가혹해. 그러나 여긴 달라. 바깥에 나가면 이렇게 좋은 생활을 하는 건 불가능하다고. 한 번이라도 바깥에 나가면 두 번 다시 돌아올 수 없어. 대체 왜 이 편하고 쾌적한 생활을 버리겠단 거야?"

"하지만 여기엔 진정한 자유가 없어."

"자유? 자유가 뭔데? 주어진 역할을 해내고 짬짬이 좋아하는 일을 할 자유는 있잖아? 사람한테 길러지는 우리 개들에겐 그게 자유야. 우리는 주인님이란 큰 울타리로 보호받고 있지. 어차피 우린 울 안의 개라고! 울타리 안에도 자유는 있어. 자유란 그런 거야. 뭐가 불만이냐? 거기에 만족하면 되잖아."

"해리, 그건 진정한 자유가 아닌 것 같아."

"진정한 자유 따위를 바라는 것 자체가 잘못이야. 자신을 지켜 주는 걸 부정하기까지 하면서 얻을 수 있는 자유 같은 건, 얼라들의 환상이라고! 그런 것도 몰라? 네가 바라는 진정한 자유란 바깥에 나가 죽는 거라고!"

"그럼 해리, 지금 너를 진정한 너라고 느껴? 너 자신답게 활기차게 살아가고 있다고 느끼냐고?"

"하, 그게 뭐야. 진정한 나? 그럼 지금의 나는 가짜란 거냐? 나는 진짜도 가짜도 아니야. 나는 나야. 난 해리이고 사냥개, 그뿐이지. 너도 마찬가지야. 너는 존, 사냥개, 우리의 리더! 그 뿐, 그뿐이라고. 알겠어, 존? 쓸데없는 생각 하지 마. 아무 생각 않고 주어진 역할만 해내면, 편하고 행복하게 그럭저럭 자유를 만끽하며 전혀 부족함 없이 살아갈 수 있잖아."

"아무것도 생각지 말라니 그건 불가능해."

"바보 같은 소리 마, '무지는 행복'이란 말 들어본 적 있지? 이전의 리더가 항상 하던 말이야. 하나 더, '잠은 더없는 행복'이라고도 했잖아. 기억나지?"

"아아, 그래, 떠올라. 하지만 그 말뜻을 곰곰 생각해 본 적은 없어."

"그건 말이야, 쓸데없는 지혜가 많아질수록 불행해진다는 뜻이야. 괴로워진다고. 아무것도 모르는 편이 행복해. 생각하지 않는 편이 행복하다고. 잠들어 있는 편이 행복하다니깐. 그렇게 우리는 지금까지 행복하게 살아왔잖아. 우리는 생각하면 안 돼. 나는 뭔가를 알고 불행해지기보다 아무것도 모르고 잠든 채 행복한 게 더 좋아. 너도 마찬가지야. 나쁜 건 애기하지 말고 쓸데없는 생각은 하지도 마, 존."

무지는 행복…, 확실히 그렇다. 그것이 여태껏 내가 살아온 방식이었다. 하지만 이제 나는 알아 버렸다. 지금까지 무지했던 내 깊은 곳에 진정한 내가 있고, 그 진정한 내가 '틀렸어, 지금의 나는 진정한 나 자신이 아니야!'라고 소리치고 있다는 것을 알아 버렸다. 이제 잠든 채로는 있을 수 없다.

"알겠어, 해리. 조금만 더 생각해 볼게."

"그래, 모쪼록 서두르다 일을 그르치진 마. 넌 이곳의 리더니까 말이야. 나도 그렇고 다들 네가 없어지면 곤란하다고."

"알겠어…."

나는 해리에게 등을 돌리고 눈을 감았다.

그래, 다르샤가 말했었지…, 영혼의 소리를 들어보는 거다. 영혼은 모든 것을 알고 있을 테니까.

'영혼이여, 당신은 이디에 있는가?'

나는 눈을 감은 채 속으로 물었다. 잠시 후 가슴께가 확 따뜻해졌다.

'여긴가. 여기에 있구나.'

나는 따뜻해진 내 가슴에 물었다.

'어떻게 하고 싶어? 어떻게 하고 싶은 거야? 네 이야기를 들려줘. 넌 뭐라고 말하고 싶은 거야?'

따뜻한 가슴이 뜨겁게 고동치기 시작했다.

'이게 영혼의 대답?'

나는 영혼을 향해 말을 걸었다.

"지금의 나는 자유롭지 않은 기분이 들어. 그래, 지금의 나는 진정한 내가 아니야. 나는 자유로워지고 싶어. 진정한 내가 되고 싶어."

가슴 한가운데가 굉장히 격렬하게 울렸다.

'이것이…, 영혼의 소리구나. 이것이 바로…, 영혼의 대답이야!'

확실히 해리가 하는 말은 상식적으로는 당연한 것이다. 냉정히 생각해도 지당한 선택 같다. 그러나 한 번이라도 영혼의 소리가 들렸다면, 이제 선택의 여지 따위는 없다. 상식적이지 않은 판단일지도 모른다. 머리가 어떻게 됐다고 생각할 수도 있다. 아니, 나는 정말로 미쳐 버렸는지도 모른다. 하지만 이제 그렇게 하는 수밖에 없다. 그래, 이것은 머리의 선택이 아니라 영혼의 선택이다.

가슴 속에서 올라오는 고동은 나를 휘몰아치듯이 세차게 흔들어 댔다. 나는 가슴 깊은 곳에서부터 깨달았다. 그래, 그 깨달음은 이론을 뛰어넘은 확신에 가까운 이해였다.

'나는 가야만 해!'

아침 해가 뜨고 평소처럼 주인님이 우리를 거느리고 사냥에 나섰다. 개들은 저마다 짖으면서 주인님의 뒤를 따라 달리기 시작했다.

나는 큰방 창문으로 보이는 다르샤의 푸른 눈과 시선을 맞추고 마음속으로 중얼거렸다.

'다르샤, 고마워. 나는 갈 거야. 진정한 자유, 진정한 나를 찾으러 갈 거야. 그쪽 세계에서 바라봐 줘.'

주인님을 선두로 다들 꽤 앞에까지 가고 있었다. 나 역시 달리기 시작했다. 때때로 뒤돌아서 멀어져 가는 저택과 나의 조그만 집을 보면서 기어를 넣고 속도를 최대한으로 끌어 올렸다.

'자, 오늘부로 이곳과도 작별이다!'

오늘도 내 발은 최상의 컨디션이었다. 속도가 점점 높아지고 나는 바람처럼 달리기 시작했다. 눈 깜짝할 사이에 주인님 일행을 따라잡고 곧바로 동료들을 앞질러 버렸다.

갈 곳은 알고 있다.

'북쪽이다!'

나는 북쪽을 향해 전속력으로 달려 나갔다.

뒤에서 주인님이 크게 외쳤다.

"존, 어딜 가는 게냐? 존!"

해리와 당황한 동료들도 울부짖었다.

"존, 바보 같은 짓 하지 마! 돌아와!"

나는 그들의 목소리를 등지고 북쪽으로 바람처럼 달아나 버렸다.

3

숲을 빠져나갔다. 주인님과 동료들의 소리가 더는 들리지 않는 곳에서 멈춰 섰다.

'해냈다, 해냈다고!'

드디어 진정한 자신으로서 첫걸음을 내디딘 것이다. 심호흡을 해 보았다. 쌀쌀한 아침 공기가 콧구멍을 간지럽히며 폐속으로 파고들었다.

'아아, 이렇게 기분이 좋을 수가!'

신선한 숲의 정기가 내 몸을 가득 채워가는 듯했다.

'뭐지? 뭔가 달라….'

농밀한 숲의 냄새, 산들산들 들려오는 나무들의 소리, 눈부시도록 반짝이는 햇빛….

이 부근 숲은 잘 알고 있었다. 어디에 어떤 나무가 있는지,

어디에 실개울이 흐르고 있는지, 어디에 사냥감들이 다니는 길이나 소굴이 있는지…. 여태껏 나에게 숲은 작업장일 뿐이었다. 하지만 지금 나를 감싸고 있는 숲은 완전히 달랐다. 그래, 머릿속에 있던 지도가 별안간 생명이 되어 눈앞에 또렷이 나타난 것 같았다.

'그래, 여긴 잘 알고 있는 숲이지만 마치 처음 온 곳 같아…. 햇살이 반짝반짝 뛰어다니고, 그 리듬에 맞추어 작은 새가 호로록 날아오르며, 나무와 풀 향기는 마음 깊숙이 시나브로 스며드누나…. 이렇게 숲이 아름답다니!'

나는 숲을 느끼면서 혼연일체가 되었다.

'이게 다르샤가 말한 '자유'일까…?'

속박을 떠난 자유. 누구의 명령도, 누구의 지시도, 누구의 평가도 받지 않는 자유. 그것은 해방이다. 그 어떤 역할도 소임도 의무도 없다…. 그래, 나는 자유다!

'자유란 최고다!'

나는 미소 지으며 혼잣말로 중얼거렸다.

'자, 북쪽이다. 북쪽으로 가자!'

방향은 알고 있었다. 나는 북쪽을 향해 걷기 시작하다가 갑자기 멈춰 섰다.

'큰일이군…!'

베렌산으로 가려면 북쪽 계곡을 지나가야 한다….

북쪽 계곡은 '갈도스'가 다스리던 곳이었다. 그 힘센 멧돼지, 무적의 바위 같은 갈도스…. 나는 갈도스의 강철 같은 근육과 도끼 같은 어금니를 떠올리며 몸서리를 쳤다. 내 꼬랑지털의 반은 그놈과 싸울 때 물어 뜯겨서 순식간에 사라져 버렸다.

 '거긴 위험하겠어.'

 갈도스는 사나운 기질과 뛰어난 통솔력으로 멧돼지뿐만 아니라 다른 동물들도 통치하면서 모두의 존경을 한 몸에 받던 존재였다.

 우리가 주인님과 함께 갈도스와 싸우다가 격투 끝에 그를 쓰러뜨린 광경을 많은 동물들이 목격했을 터이다. 게다가 갈도스의 숨통을 끊은 건 바로 나였다. 북쪽 계곡에서 나는 존경하는 우두머리를 물어 죽인 '철천지원수'인 셈이다.

 하지만 베렌산에 가는 길은 달리 없기도 하고…. 지금의 나는 동료도 없는 외톨이다. 주의 깊게 조심조심 경계하면서 가는 수밖에 없다. 그들에게 발견된다면 끝장이다!

 아까의 행복은 어딘가로 날아가 버렸다. 나는 빈틈없이 주위를 살피면서 걷기 시작했다. 꽤 걷다 보니 갑자기 속이 헛헛했다.

 '그러고 보니 아침부터 아무것도 안 먹었군….'

 오늘 아침도 밥을 먹고 싶은 마음이 내키지 않아서 입에 대지 않았다.

'먹어 둘 걸 그랬네…. 해리가 말한 대로일지도 모른다. 정해진 시간에 정해진 장소에서 밥을 먹을 수 있다면 얼마나 편하던가. 이제부터는 스스로 먹이를 찾아야만 한다. 과연 내가 할 수 있을까? 이대로 사냥감이 안 잡힌다면 어쩌지, 굶어 죽으면 어쩌지…?!'

그렇게 생각하니 마음이 잔뜩 불안해졌다. 혹시 나는 다르샤가 말한 것을 진짜로 받아들여 멍청한 짓을 해 버린 건 아닐까? 벌써 마음속에 후회 비스름한 생각이 밀려왔다.

'하지만 어떻게든 해 보는 수밖에 없다. 그래, 스스로 할 수밖에 없어. 그래, 자유란 그런 거야.'

나는 분발하기 위해 절레절레 고개를 흔들고 주위를 바라보며 필사적으로 짐승들이 다니는 길을 찾기 시작했다.

한 시간가량 헤맸을까? 작은 동물들이 오갈 만한 조붓한 길목을 발견했다. 나는 거기서 매복하기로 했다. 몸을 숨기고 기척을 감춘 채 또 한 시간, 드디어 회색 토끼 한 마리가 그 길섶에 나타났다.

나는 토끼가 사정권에 들어올 때까지 신중하게 기다렸다. 토끼는 그런 것도 모르고서 종종거리며 다가왔다. 그 순간 와락 덮쳐서 목덜미를 덥석 물었다. 턱을 힘껏 당겼더니 뜨뜻미지근한 피가 뚝뚝 떨어졌다. 발버둥 치던 토끼는 이내 단념한 듯 잠잠해졌다. 나는 천천히 입을 벌려 토끼를 땅바닥에 떨구었다.

나는 태어나 처음으로 내가 살기 위해서, 내가 먹기 위해서 다른 이의 목숨을 빼앗았다. 엉겁결에 토끼에게 말했다.

"미안해. 그치만 널 먹지 않으면 내가 죽게 돼."

토끼가 소스라쳐 감고 있던 눈을 뜨더니 괴로워하며 말했다.

"거참, 특이한 녀석이네. 어차피 날 먹을 거면서…. 뭐, 괜찮아. 신경 쓰지 마. 난 여기서 죽어. 그리고 너한테 뜯어 먹히겠지. 분명 이건 정해져 있던 일일 거야. 내 목숨은 네 목숨의 일부가 되고 우리의 목숨은 하나가 되는 거다. 너도 머지않아 죽어서 누군가에게 잡아먹힐 거야. 이 세상은 그렇게 이어져 있거든. 그렇게 만들어져 있다니깐. 이어져 있지 않은 건 인간놈들뿐이야. 네가 인간의 앞잡이가 아니었던 게 유일한 위안이구나. 자, 나를 단숨에 죽여 줘."

최후의 말을 마치더니 토끼는 눈을 감았다. 나는 그런 생각은 해 본 적도 없었다.

'내가 먹은 것과 하나가 된다. 목숨이 하나가 된다. 몸은 죽어도 목숨은 계속된다…. 그럼 내가 지금까지 먹어온 것들은 도대체 뭐였지? 그건 누구의 목숨이었지? 지금까지 죽여 온 사냥감들은 누구의 목숨이었냐고…?'

나는 토끼의 숨통을 끊고 먹기 시작했다. 먹고 있는 동안 뜨거운 것이 가슴 깊은 곳에서 샘솟아 올랐다.

'이 세상은 모두 이어져 있다. 생명의 큰 연설, 큰 흐름이다. 나도 이 토끼도 싹 다 이어져 있구나…. 고마워, 고마워….'

눈물이 주르륵 흘러내렸다. 앞이 흐려 보이지 않았다.

'나의 일부가 된 토끼를 위해서도 나는 정신 차리고 살아가야만 한다. 그것이 토끼의 목숨에 대한 책임이다. 살아 있다는 것은 목숨에 책임을 다하는 일인지도 모른다.'

나는 결의를 새로이 하고 걷기 시작했다.

밤이 될 무렵에야 겨우 북쪽 계곡에 다다랐다.

'어두워지면 위험해. 날이 밝은 다음에 북쪽 계곡으로 들어가자.'

기척이 새 나가지 않도록 조심하면서 한참을 두리번거렸다. 삐주룩한 큰 바위와 우거진 잎가지로 몸을 숨길 수 있는 딱 좋은 곳을 찾아냈다.

'좋았어, 오늘 밤은 여기서 잠깐 쉬어야지.'

나는 금방 잠에 푹 빠져들었다.

제2장 북쪽 계곡 — 신체·에고·영혼

4

'뭔가가 있다…!'

달빛 속에서 눈을 떴다.

'기척이 느껴진다. 게다가 한 놈이 아니야.'

촉각을 날카롭게 곤두세워 기척을 내는 자들의 수를 어림해 나갔다. 왼쪽 뒤에 넷, 오른쪽 뒤에 다섯…, 왼쪽 옆에도 둘….

그렇다, 나는 포위되었다! 온 신경을 집중하여 탈출구를 찾았다. 오른쪽 앞에는 아무도 없었다. 달려 나갈 방향을 정하고 양발을 살그머니 제겨디뎠다. 서서히 발에 힘을 주어 발톱으로 땅을 꽈악 움켜쥐었다. 몸에 충분히 기를 모으고 있는 힘껏 지면을 박차며 오른쪽 앞으로 뛰쳐나갔다.

기어를 넣자 금방 최고 속도로 올라갔다. 바람 같은 속도였다. 정체불명의 짐승들은 순식간에 뒤쪽으로 사라져 갔다.

'어떤 자들이었을까? 여기는 북쪽 계곡이다. 무슨 일이 일어나도 이상하지 않다.'

그렇게 생각하는 순간, 또 주위에 기척이 느껴졌다.

'또 왔군…! 이번에는 왼쪽 옆과 뒤쪽에 셋씩, 오른쪽 뒤에 둘….'

나는 정면을 향해 또 속도를 올렸다. 이번 놈들은 상당히 빨랐다. 끈질기게 나를 따라붙었다. 나는 주위를 살피면서 초스피드로 빠져나갔다. 달빛에 비친 숲의 나무들이 눈 깜짝할 사이에 뒤쪽으로 스쳐 지나갔다. 최고 속도로 달리고 있는데도 놈들의 수는 좀처럼 줄어들지 않았다. 뒤로 사라지는 놈이 있는가 하면 새로 나타나는 놈도 있어서 갈수록 놈들의 수는 늘어나기만 했다.

그때 나는 깨달았다.

'이것은…, 사냥이다! 나는 어느 지점으로 내몰리고 있다! 그렇다. 내가 지금까지 사냥감을 몰아넣어 왔던 그런 방식을 지금 바로 내가 당하고 있다!'

게다가 몰아넣는 수법이 교묘했다. 사냥감인 나에게 선택지는 없었다.

'이건 엄청난 놈이 지휘하고 있는 거다! 큰일 났네…, 큰일 났어…!'

나는 숨 가쁘게 내쫓기다가 결국 커다란 광장으로 뛰어나가고 말았다.

'여기가 종착점인가!'

달에 비친 광장의 정면에는 죽 늘어선 동물들의 그림자가 가로막고 서 있었다. 그들은 이미 나를 기다리고 있었던 것이다. 광장 한가운데에 발을 멈추자 뒤쪽에서 쫓아오던 놈들도 차례차례 광장으로 나왔다. 스무 마리쯤 되는 어린 멧돼지들이었다.

정면에 서 있는 동물 중에서도 유달리 큰 그림자가 내게 천천히 다가왔다.

"갈도스…, 살아 있었나?"

"역시 넌 그때의 그놈이군."

그 거대한 멧돼지 그림자가 대답했다. 그리고 나를 죽일 듯이 매섭게 노려보며 목소리를 깔았다.

"난 갈도스가 아니다. 갈도스의 아들, 앙가스다."

자세히 보니 갈도스보다 약간 작기는 해도 사나운 눈과 온몸에 넘쳐흐르는 울퉁불퉁한 근육, 머리 꼭대기에 있는 하얀 갈기 등이 갈도스와 똑 닮았다.

"무슨 일이냐?"

대답은 상상이 되었지만 나는 앙가스에게 물어보았다.

"너, 이름이 뭐지?"

앙가스는 내 질문에 답하지 않고 되물었다.

"나는 존, 네가 말한 대로 갈도스의 숨통을 끊은 건 나다."

그걸 들은 앙가스는 눈을 더 험악하게 떴다. 그리고 당돌한 미소를 띠며 말했다.

"약아빠진 인간들도 없고 동료 개들도 없군. 오늘이 네놈 제삿날인 것 같다, 존."

"아니, 내가 죽을 것 같으냐. 나는 진정한 나를 찾기 위해 여행 중이라고. 아직 여행은 시작되지도 않았어. 이런 곳에서 죽으면 안 돼!"

사방을 훑으며 포위망을 주의 깊게 살펴봤지만, 그야말로 개미 한 마리 기어나갈 틈도 없었다. 앙가스는 저래 보여도 좀처럼 빈틈이 없는 우수한 리더인 것 같았다. 이럴 때는 무리의 리더를 쓰러뜨리는 것이 싸움의 정석이지만, 앙가스한테 웬만한 꼼수는 통할 것 같지도 않았다. 내 마음과는 정반대로 포위망은 한 발 한 발 좁혀져 왔다.

앙가스는 입에 일그러진 미소를 띠며 툭 내뱉었다.

"아버님의 원수, 가만두지 않겠다!"

말이 끝나기 무섭게 앙가스는 맹렬한 속도로 돌진해 왔다. 앙가스의 거대한 어금니가 달빛에 비쳐 예리한 칼날처럼 번뜩였다.

"에잇!"

나는 왼쪽으로 힘껏 뛰어 겨우 몸을 돌려 피했다. 나의 오른쪽 뒷다리에 희미하게 핏줄이 드러났다.

내가 피하자 앙가스는 곧장 뒤돌아보며 히죽 당돌한 미소를 지었다.

"역시 아버님을 쓰러뜨린 놈답군. 너무 쉬우면 시시하지!"

또다시 하얀 어금니를 날카롭게 내밀고 굉장한 속도로 내달려 왔다.

"앗!"

나는 이 공격도 오른쪽으로 뛰어서 아슬아슬 피했다.

'나…, 날카롭다…. 이대로 앙가스를 계속 피한다 해도 어차피 당하게 될 텐데…. 방어에서 공격으로 바뀌야만 해. 그 타이밍을 잡는 거다.'

앙가스가 세 번째 돌진을 준비했다. 그는 내가 점프하는 타이밍을 파악한 건지 공격이 점점 날카로워졌다.

공격을 가까스로 피한 나는 앙가스가 돌아보기 직전에 그의 등이 허술한 것을 발견했다.

'좋아, 저기다! 앙가스의 다음 공격을 피하는 순간에 공중에서 자세를 바꿔 그가 돌아보기 직전에 등짝을 물고 늘어지는 거야! 그러다 의표를 찔린 그가 날뛰느라 통솔력을 잃으면 그 틈을 타서 탈출해야지!'

내가 세 번째 돌진도 피하자, 그는 미친 듯이 화를 내며 더

무서운 속도로 다짜고짜 덤벼들었다.

"크아앗!!"

그는 화산이 넘치는 듯한 사나운 기세로 돌격해 왔다. 저기에 부딪히면 한 방에 훅 간다.

"좋아, 지금이닷!! 에잇!!"

나는 힘껏 뛰어올라서 돌진해 온 그를 간신히 뛰어넘었다. 그리고 공중에서 휙 방향을 바꿔 뒤돌아보면서 그의 펑퍼짐한 등짝을 어금니로 꽉 물고 늘어졌다. 바로 그때였다.

"싸움 그만둬!!"

마치 지진이 난 듯한 포효가 울려 퍼졌다. 나는 얼떨결에 물고 늘어지는 걸 잊고서 착지했다. 앙가스도 뒤돌아보며 멈췄다. 주위 멧돼지들도 얌전히 소리가 나는 쪽으로 고개를 돌렸다. 거기에서 앙가스보다도 훨씬 큰 멧돼지 한 마리가 느릿느릿 걸어오고 있었다.

5

"코우자님…!"

"코우자님…!"

어린 멧돼지들이 저마다 종알거렸다. 앙가스가 놀란 듯이 그 목소리의 주인을 보고 있었다. 나도 코우자라는 멧돼지를 뚫어져라 쳐다보았다. 당당한 체구는 앙가스보다 훨씬 컸다. 덩치만 봤을 때는 갈도스보다도 클지 모르겠다.

울퉁불퉁한 근육과 몸의 줄무늬도 앙가스나 갈도스와 비슷했다. 나이 탓일까. 하얀 갈기와 위엄 있는 얼굴을 덮은 털은 달빛에 반사되어 은색으로 빛나고 있었다.

커다란 멧돼지 코우자는 나를 내립떠보았다.

"네놈에 대해선 익히 들었다. 내 아들 갈도스를 죽인 놈이란 것도 잘 알고 있다."

목소리가 낮은 땅울림처럼 퍼져 나갔다. 코우자는 앙가스에게 말했다.

"앙가스야, 네 기분도 모르는 건 아니다. 허나 이런 무익한 싸움이나 살생은 전혀 의미가 없단다. 그러면 너도 인간들과 똑같은 놈 아니겠느냐."

그리고 앙가스를 나무라듯 노려보았다.

앙가스는 이를 악물고 잠자코 코우자를 바라보다가 참지 못하고 입을 열었다.

"하지만 아버님의 원수를 제거하고 싶습니다. 이 녀석은 인간과 함께 아버님을 죽인 놈이 아닙니까! 그…그…그 아버님을 말입니다!"

앙가스의 눈에서 굵은 눈물이 뚝뚝 떨어졌다. 코우자는 한 번 더 앙가스를 쏘아보더니 언성을 높였다.

"우리에겐 긍지가 있다. 멧돼지로서의 긍지 말이다. 북쪽 계곡 주인으로서 맹세를 벌써 잊은 게냐?"

이번에는 코우자가 조금 살가운 어조로 물었다.

"이 행위가 네 영혼의 소리를 따랐는지 자못 궁금하구나."

"…, 으… 으흐흑."

앙가스는 아무 말도 하지 않으며 고개를 숙인 채 눈물만 흘렸다. 코우자는 내 얼굴을 보더니 더 조용히 말했다.

"그런 것이다."

나는 코우자의 은빛 눈을 올려보았다.

"난 네가 왜 여기에 있는지 알고 싶다. 인간에게 길러지던 네가 왜 하필 이런 시간에 이런 장소에서 혼자 헤매고 있는지 말이다."

코우자는 그리 말하고, 나를 살피듯이 눈알을 되록 굴렸다.

"뭐, 따라오너라."

나는 그의 뒤를 따라, 지금은 마치 주인님에게 혼나서 풀이 죽은 강아지처럼 되어 버린 앙가스와 역시나 얌전해진 멧돼지들의 사이로 나아갔다.

숲속을 좀 걸었다. 마른 잎이 전면에 깔려 있고 거대한 나무와 가지들로 둘러싸여 있는 널찍한 공간이 나왔다.

"여기가 내 집이다. 자, 앉아라."

코우자는 내 쪽을 돌아보며 털썩 앉았다. 그러자 주변 어디선가 멧돼지들이 나타나더니 감자를 가져왔다.

"뭐, 대단한 대접은 못 하지만 배고플 테니 먹어라."

코우자는 눈앞에 있는 감자를 먹기 시작했다.

"감사합니다. 그럼 잘 먹겠습니다."

얼추 배가 찼을 무렵 코우자가 말을 걸었다.

"그래, 넌 왜 여기에 있는 거지?"

나는 그에게 다르샤를 만난 일과 주인님의 집에서 빠져나온 일 등을 이야기했다. 그는 천천히 먼 곳을 응시하며 감회가 깊은 듯이 중얼거렸다.

"그런가, 다르샤도…, 끝내 저세상으로 가 버렸나…."

"다르샤를 아십니까?"

"아아, 알고 있지. 잘 알고 있어."

코우자는 얘기를 이어 갔다.

"나와 다르샤는 멧돼지와 늑대라는 종족을 뛰어넘은 친구였어. 내가 젊었을 때 다르샤는 아직 어린애였지만…. 우리는 같이 하이랜드를 지향했었지."

"하이랜드!"

"그래, 하이랜드."

"이 앞에 있는 베렌산을 넘어가면 아마나 평원이 있다. 그것보다 더 앞에 있는 것이 하이랜드야."

코우자는 그리운 듯이 눈을 가늘게 뜨고 하늘을 올려다보았다.

"하이랜드…, 그곳은 우리나 자네처럼 진정한 자신을 깨달은 자들이 지향하는 장소야. 진정한 자신을 찾는 여행…, 진정한 자유를 찾는 여행…, 그것이 하이랜드로 가는 여행이지. 하이랜드를 지향하고 여행한다고 해서 모두 다 그곳에 도달하는 건 아니야. 진정한 자신과 진정한 자유를 이해한 자만이 도달하는 장소, 그게 하이랜드니까."

"진정한 자신…, 진정한 자유…."

"하이랜드…, 그곳으로 향하는 자가 적긴 하지만 도달한 자는 더 적어. 많은 여행자들이 길을 헤매고 실수하며 잃어버리지. 목숨을 잃는 자들도 많아. 포기하는 자, 혹은 하이랜드는 상상일 뿐이라고 자신을 속이는 자도 있고 가지각색이야. 그리고…, 나도 그곳에 도달하진 못했어."

거기까지 말하고, 코우자는 찬찬히 나를 훑어보았다.

"진정한 자신과 진정한 자유를 찾고 싶다는 강한 의지와 각오가 없으면 그만두는 게 좋아. 목숨 걸고 가는 거라고. 자네에게 그런 게 있나?"

"네, 있습니다. 저는 반드시 하이랜드에 갈 겁니다."

여기까지 와서 되돌아가는 일 따위는 있을 수가 없었다.

"음, 그렇게 말할 거라 생각했다. 다르샤에게 마지막 초대를 받은 자가 너라고 하니, 좋은 걸 가르쳐 주지. 앞으로 여행길에 분명 도움이 될 거야."

코우자는 크게 숨을 들이마셨다가 후우 하고 내뱉더니 말했다.

"우리는 세 개의 존재가 하나로 합쳐진 존재다."

"세 개요?"

"그래, 세 개다. 세 개가 하나로 된 존재, 삼위일체 그게 우리다. 그 첫 번째는 신체, 즉 육체다. 우리는 신체로 살아가고 있지. 신체가 있으니까 이 세상에 존재하는 거야. 신체는 이 세상을 살기 위한 탈것이지. 그래서 이 세상에 있을 때는 이 신체를 기르지 않으면 안 돼. 소중히 돌보고 보살펴야 하지. 식사를 하고 잠을 자며 피로를 풀어서 신체가 쾌적하게 움직이도록 해야만 해."

나는 내 식량으로 삼기 위해 사냥했던 토끼를 떠올렸다.

"신체의 소리를 듣고 그 소리를 따르지 않으면 신체는 쇠퇴하지. 신체를 소홀히 다루면 신체는 고장 난다고. 그게 병이야. 그렇게 되면 우리도 쇠퇴해. 결국 죽는 거야."

코우자는 거듭 확인하듯이 내 눈을 바라보았다.

"이건 잘 알겠지?"

내가 작게 끄덕이자 코우자는 이야기를 계속했다.

"두 번째는 자아, 즉 에고라는 거야."

"자아? 에고?"

"사냥을 예로 들어보자. 어디로 가면 사냥감이 있는지, 어떻게 사냥감을 몰아넣는지, 혹은 어떻게 적으로부터 몸을 지키는지…, 또는 어떻게 동료와 좋은 관계를 만들어 가는지…. 에고는 중요해. 에고는 이 세상에서 살아남기 위한 기능이야. 신체의 소리만으로는 도저히 살아남을 수 없어. 신체를 관리하고 자신에게 보다 좋은 상황을 만들어 내도록 행동하거나 계획해 가지. 이 엄혹한 세상에서 살아남기 위해 생각하고 행동하는 기능, 이것이 자아, 즉 에고야."

그렇게 말하고 코우자는 내 눈을 들여다보았다.

"이것도 알겠지?"

나는 또 머리를 약간 주억거렸다.

"마지막 세 번째는… 영혼, 즉 스피릿이다."

"영혼….."

"세 개 중에서 가장 이해하기 어렵고 가장 잊어버리기 쉬운 게 바로 영혼이야!"

코우자는 내 눈을 보면서 하나하나 되새기듯 말을 걸었다.

"신체와 에고만으로도 '생존'해 나갈 수는 있지. 많은 인간들이 그렇거든. 이 두 가지만 기능한다면 영혼이 죽어 있는 거야."

"영혼이 죽어 있다고요?"

"그래, 죽어 있는 거야. **육체는 영혼의 탈것이다. 에고는 마부에 지나지 않아. 영혼이야말로 우리의 본질인 셈이지.**"

"….."

"인간…, 그놈들은 중요한 것을 잊어버렸어. 그래서 태연히 수많은 목숨을 빼앗지. 자신이나 자신들의 동료만 생각한다고. 목숨이나 전체의 이치를 못 봐. 에고의 특징이지. 눈앞의 것과 자기밖에 볼 수 없어. 전체 속의 자신을 이해하지 못해. 어리석은 거지. 이건 '진짜로 살아가고 있는' 것과는 다른 거야. 슬픈 일이라고."

코우자는 잠시 숨을 고르고 나를 지그시 바라보며 말했다.

"그래, '생존하고 있다'와 '진짜로 살아가고 있다'는 다른 거야."

다르샤도 똑같은 말을 했었는데….

"우리가 인간들과 결정적으로 다른 점은 '영혼의 소리'를 들을 수 있다는 거야."

"영혼의 소리…."

"신체의 소리를 듣는 건 간단하지. 배고파, 졸려…. 에고의 소리도 간단해. 어떻게 하면 이익을 볼까, 어떻게 하면 다른 동료들을 앞지를 수 있을까, 어떻게 하면 우위에 설 수 있을까, 어떻게 하면 편하게 바라는 것을 이룰 수 있을까, 어떻게 하면 싫은 일에서 도망칠 수 있을까…. 나, 나, 나, 오로지 그 것만 생각하면 되는 거야."

"저도…, 어쩌면 저도 그랬는지도 모릅니다…."

"인간에게 잡힌 동물들은 인간이 식량으로서 사냥한 건가? 우리의 신체를 기르기 위해 죽인 건가? 동물들은 생명의 순환 고리에 들어갔을까?"

나는 박제가 된 다르샤와 다른 동물들의 모습을 떠올렸다.

"아니요…, 그렇지 않습니다…."

"인간은 자기의 에고를 만족시키기 위해서 동물을 죽이지. 자신이 죽인 동물을 서로 자랑하고 자신이 얼마나 강하고 뛰어난지 경쟁하는 거야. 죽임을 당한 동물들은 인간의 에고에 의한 희생물이지. 인간의 에고 때문에 먹잇감이 되어 버린 거라고."

나는 아무 말도 할 수 없었다. '그 인간들의 앞잡이가 되어 주인님이 쓰다듬어 주거나 말린 고기를 주면 꼬리 치며 기뻐하던 나는 얼마나 아둔했던가.'

"저는 어리석었습니다….'

"처음엔 누구나 그렇지. 영혼의 소리는 쉽사리 들리지 않아. 여러 경험을 쌓아야 비로소 들리게 되지. 뭐, 앙가스는…, 앙가스에겐 아직 조금 이른 듯하지만."

"갈도스…, 갈도스에겐 죄스러운 짓을 했습니다."

"갈도스는 자기 영혼의 소리에 따라 싸웠어. 녀석은 알고 있었지. 우두머리로서 이 계곡을 지키기 위해 자신의 목숨을 바쳐야 한다는 사실을. 우리는 아무리 애를 써도 인간의 무기에는 대적할 수가 없단다. 너같이 뛰어난 개들도 있으니까 말이야."

"그럼….'

"그래, 갈도스는 자신이 인간들에게 도살됨으로써 이 계곡을 지킨 거지. 자기 목숨을 이 계곡에 바친 거야."

나는 아무 말도 할 수 없었다.

"갈도스가 신체와 에고의 소리만 들었다면 도망쳤겠지. 그 싸움에 간다는 건 '죽음'을 의미하니깐. 우리도 죽고 싶진 않아. 하루라도 길게 이 신체와 함께 살아가고 싶어. 하지만 갈도스의 영혼의 소리는 그렇게 속삭이지 않았어. 그리고 갈도스는 멋지게 그 소리를 따른 거야."

코우자는 나의 눈을 가만히 바라보았다.

"그렇기 때문에 너에겐 책임이 있다!"

"책임…? 저에게 책임이요?"

"그래, 너에겐 갈도스를 죽인 책임과 다르샤의 마지막 청자로서 책임이 있다. 결국 너에겐 자신의 영혼의 소리를 따라 살아가야 할 중대한 책임이 있는 것이다."

코우자는 강렬한 시선으로 나를 보았다.

"존아, 각오해라!"

코우자는 천천히 일어서서 구석에 있는 방으로 사라졌다.

'책임…. 자기 영혼의 소리를 따라 살아가야 할 책임….'

나는 그날 밤 좀처럼 잠들 수 없었다.

다음 날 나는 아침 해와 함께 눈을 떴다. 기운차게 일어나서 있는 힘껏 부르르 몸을 떨었다. 그 소리를 들은 걸까. 구석 방에서 코우자가 들어와 나를 돌아보았다.

"자, 들어오지 않겠나."

그 말에 못 이기듯이 앙가스가 들어왔다. 그는 뭐라 할 수 없는 복잡한 표정을 짓고 있었다. 나는 무심코 말했다.

"갈도스에겐 미안하게 됐다. 사과한다고 용서받으리라곤 생각진 않지만 정말 미안해."

그리고 머리를 깊숙이 숙였다. 내 심정을 표현하려면 지금은 이것밖에 없었다.

"나의 에고는 '저놈을 용서하지 마, 죽여!'라고 말하고 있어. 하지만 내 영혼은 '용서해 줘라, 동료잖아.'라고 말하고 있지. 그렇게 말하는 둘 다 나 자신이야."

앙가스는 나를 똑바로 바라보았다. 이윽고 코우자가 어제와는 달리 조심스러운 어투로 마지막 당부를 전했다.

"존이여, 하이랜드로 가게. 자네가 그곳에 도달할지 어떨지는 모르겠으나, 하이랜드로 향하는 여행 그 자체가 자네에겐 의미 있는 일이 되리라 믿네."

"하이랜드…."

"일단 베렌산으로 가게나. 그 산은 이 북쪽 계곡에서 곧장 북쪽으로 닷새가량 걸으면 도착할 걸세."

"감사합니다. 그런데 베렌산에는 도대체 뭐가 있습니까?"

"그걸 지금 안다 해도 어찌할 도리가 없네. 위대한 존재의 가호가 있다면, 베렌산에 가서 알 수 있을 거야."

"알겠습니다. 그러면 저는 가 보겠습니다. 정말 감사드립니다."

나는 베렌산을 향해 달리기 시작했다. 금방 최고 속도가 붙었다. 코우자와 앙가스의 커다란 그림자가 점점 작아져 가고 있었다.

나는 똑바로 정면을 보며 중얼거렸다.

'가자! 베렌산으로!'

제3장 베렌산 — 두려움을 꿰뚫어 보다

6

코우자와 앙가스가 있던 곳을 출발한 지 이틀쯤 지났다. 나는 북쪽을 향해 계속 걸었다. 배가 고프면 감자를 캐거나 나무 뿌리를 갉아 먹거나 떨어진 열매를 먹으며 배를 채웠다. 생명의 순환이라고는 하지만, 가능한 한 사냥은 하고 싶지 않았다. 땅에 구르는 이슬 맺힌 낙과를 꼭꼭 씹어 먹었다. 두어 시간 남짓 걸었을까. 주위에서 기척을 여럿 감지했다.

'또 멧돼지인가? 날 따라온 걸까?'

그녀들이 눈치채지 못하도록 발소리를 죽이며 촉각을 곤두세웠다.

'하나… 둘… 셋… 전부 넷이다. 뒤에서 따라오고 있다….'

그대로 또 두 시간쯤 서성이다가 그 기척에는 '살기'가 없다는 걸 깨달았다. 여차하면 안전하게 탈출할 수 있는 곳을 엿보며 나는 멈춰 서서 고개를 돌렸다.

"무슨 용건이라도?"

이빨 사이로 침을 찍 내뱉었다. 그들은 잠시 풀숲에 숨어 있더니, 내가 꼼짝하지 않는다는 사실을 직감했던 모양이다. 겁 없이 생긴 개 한 마리가 수풀 사이로 나왔다. 그놈은 불쑥 말을 던졌다.

"너, 어디로 갈 작정이냐?"

"너야말로 왜 내 뒤를 쫓아오는 거지?"

"흠, 네가 가는 곳에 좀 관심이 있거든."

그 개가 대답하자 숨어 있던 녀석들도 잇따라 풀숲에서 몸 골을 드러냈다. 전부 개 네 마리였다. 눈매나 철딱서니를 보 아하니, 나와 같은 사냥개인 듯했다. 하지만 개들은 비쩍 마르고 털에도 윤기가 없었다. 아마 인간들과 떨어진 지 꽤 오래되었으리라….

"너희들 사냥개냐?"

"흠, 왕년의 사냥개라고 해야 하나."

"왕년?"

"너…, '매의 깃털' 옆에 있던 존이지?"

"날 알고 있나?"

"뭐 그렇지…, 후후."

그 개는 소리 없이 웃었다.

내 주인님의 모자에 커다란 매깃이 붙어 있어서 우리는 '매의 깃털'이라 불렀었다.

"그런 넌 누구지?"

"나는 머피. 이 녀석들은 오른쪽부터 징거, 후트, 아이거라고 해. 다들 내 동료야."

"어떻게 나를 알고 있어?"

머피는 살짝 웃었다.

"마빡의 초승달, 찢어진 꼬랑지털, 빈틈없는 눈깔, 우리 사이에서 넌 유명하지. 우린 일 년 전까지 '붉은 안장'에 있었어. 넌 기억 못 하겠지만 전에 같이 사냥한 적도 있었지."

'붉은 안장'은 주인님의 사냥 동료인데 새빨간 안장에 타고 있어서 붙여진 별명이란다. 지금까지 여러 번 우리와 함께 사냥을 한 적이 있었다. 딱 한 해 전이면 내가 갈도스를 죽인 무렵이었을까…?

"너처럼 인간님에게 바보처럼 충실하고 단순한 놈이 왜 혼자 이런 곳에 있는지 흥미가 생겨서."

머피는 비아냥거리며 히죽 쪼갰다. 그 동료들도 그를 따라 실실 웃었다.

"난 베렌산으로 갈 거야."

개들은 무척 재미있다는 듯이 얼굴을 마주 보며 큭큭댔다.

"뭐가 웃기지?"

"너, 다르샤를 만났나?"

후트라는 개가 물었다.

"그래."

"너도 속은 거야. 가엾게시리."

아이거가 혀를 굴리며 비꼬았다.

"뭐라고?!"

홀로 진지한 얼굴을 하고 있던 징거가 말을 거들었다.

"베렌산, 거기 갔다가 돌아온 이들은 없어."

머피도 신중한 표정으로 말을 이어받았다.

"존, 너도 속은 거라고."

"무슨 말이야?"

"베렌산, 거기 있는 게 누구일 것 같아?"

"모르지. 누군데?"

"존, '붉은 마수'의 전설을 알고 있지?"

'붉은 마수'란 7년 정도 전에 베렌산에서 북쪽 계곡, 내가 살고 있던 숲에서 서쪽 숲까지 동물은 물론이고 인간들까지 공포에 빠뜨렸던 거대한 곰이었다. 많은 인간들이 협력해서 그 곰을 죽이려 했지만, 오히려 큰 피해를 입고 결국 단념했다는 이야기를 선배 개들에게 들은 적이 있었다.

주인님도 사냥에 참여했는데, 나의 선배 사냥개 일곱 마리 중에서 다섯 마리가 무참히 도살당했단다.

"베렌산, 거기에 있는 건 '붉은 마수'야. 다르샤는 붉은 마수의 앞잡이고. 너 같은 돌대가리를 속이고 산으로 꾀어 들여서 붉은 마수의 먹이로 삼는 거라고."

"뭐? 그런 말도 안 되는…. 그렇단 증거가 어딨지?"

"증거라, 우리가 증거지. 우리도 다르샤를 만났어. 일 년 정도 전에 말이야."

머피는 자신만만한 표정으로 상기되었다.

나는 그를 넌지시 바라보았다. 그의 눈빛은 거짓을 말하고 있지는 않았다.

"'붉은 안장'은 우리를 심하게 취급했어. 그래서 우리는 다르샤의 이야기를 듣고 정말 베렌산에 가고 싶었지. 자유란 놈을 갖고 싶었다고. 갈도스가 너네에게 당한 뒤라서 계곡을 빠져나가긴 힘들었어. 그리고 목숨 걸고 북쪽 계곡을 빠져나가 예까지 왔지. 그때 우린 여덟 마리 집단이었다고."

머피는 약간 먼 곳으로 눈길을 돌리더니, 다시 나를 보고 무거운 말투로 계속했다.

"베렌산에 들어간 우리를 기다리고 있던 건 '공포'였어."

"공포?"

"그래, '공포'였어. 우리도 인간들과의 사냥에서 제법 공포를 경험했었지. 팀으로 연대해서 움직일 수도 있고, 한 마리씩 나름대로 움직일 수도 있어. 허나 앞뒤로 그렇게 무서운 기분을 느낀 적은 없었어. 정신 차려보니 우리는 네 마리만 남아 있더군."

"다른 네 마리는 어떻게 됐는데?"

"이튿날 아침에 우리도 걱정이 돼서 그곳으로 가 봤어. 땅바닥에 피가 깊이 스며들어서 시뻘겋더라고. 그것 말고는 아무것도 없더라. 그놈한테 싸그리 잡아먹혀 버린 거야."

나는 아무 말도 하지 않고 머피를 쳐다보았다.

"존, 너 가조를 알고 있지?"

"아아, 알고 있지."

가조는 붉은 안장의 사냥개들 중 리더였다. 그것도 완벽한 리더! 그는 그런 존재였다. 나는 가조의 늠름한 모습을 떠올렸다. 강인한 신체, 늘 냉정하고 적확하며 용감한 판단! 동료들을 위해 일하며 온 힘을 다해 노력을 아끼지 않았지. 훌륭했어! 가조는 우리 사냥개 무리 중에서도 항상 존경받으며 뭇 개들이 목표로 삼던 존재였다.

"가조는 그때 죽었어."

"가조가…, 죽었다고?!"

나는 갑자기 믿을 수 없었다. 그…, 가조가?

"그래, 그 가조조차도 빠져나갈 수 없던 그곳을 네가 빠져나갈 리가 없어. 게다가 넌 혼자잖아. 저 앞에서 널 기다리는 건 '공포' 그리고 '죽음'뿐이다."

"공포와 죽음…."

"안 좋은 말은 하지 않을게. 베렌산에 가는 건 그만둬. 여기서 되돌아가. 매의 깃털이 있는 곳으로 돌아가란 말이야. 우리처럼 들개가 돼도 괜찮겠어? 우린 돌아가고 싶어도 이제 돌아갈 수 없어."

머피의 말은 진짜인 것 같았다.

'확실히 이대로 나아가면 나는 붉은 마수에게 죽게 될지도 모른다. 하지만 베렌산에 가지 않으면 그 앞으로는 나아갈 수 없다…, 하이랜드에는 갈 수 없다! 어떻게 하지?'

천천히 눈을 감았다.

'그래, 갈피를 못 잡을 때는 '영혼의 소리'를 듣는 거야….'

나는 내 마음 깊은 곳에 물어보았다.

'어떻게 할래? 어떻게 하고 싶어?'

내가 눈을 감고 잠자코 있자 머피 일행도 조용히 나를 바라보았다.

'이대로 나아갈까? 아니면 되돌아갈까? 어떤 게 나의 대답이지? 그래, 되돌아가는 선택을 한다면 오래 살 수는 있겠지. 하지만 그게 정말로 내가 가고 싶은 곳일까? 그게 나다운 삶의 방식일까? 그게 진정한 나일까?'

그러자 말도 안 되는 답이 돌아왔다. 그것은 따뜻한 햇살과도 같은 대답이었다. 내 영혼은 '이대로 가는 거야'라고 나직이 속삭였다.

그래! 확실히 머피가 말했듯이 붉은 마수한테 죽을 가능성은 있다. 하지만 그건 그것대로 내가 선택한 길이다. 나의 선택, 영혼의 대답을 믿는 거야. 뭐가 어떻게 되는지 그따위는 모르겠으니까.

"머피, 고마워. 하지만 역시 난 가야겠어."

머피는 깜짝 놀라 눈을 동그랗게 떴다.

"간다고?"

다른 개들도 저마다 한 마디씩 말을 보탰다.

"그만둬, 바보 같은 짓 하지 마! 널 죽일 거라고!"

"죽을 거야."

"잡아먹힐 거야!"

"모두들 고마워. 하지만 난 갈 거야. 설령 죽게 된다 해도 난 괜찮아."

놀란 개들을 뒤로하고 나는 걷기 시작했다.

"돌아와, 존! 돌아와서 우리들의 동료가 되어 줘!"

뒤에서 머피가 울부짖는 소리가 들려왔다. 나는 마음속으로 그의 일행에게 고마워하면서도 뒤돌아보지 않고 베렌산으로 곧장 향했다.

7

머피 일행과 헤어지고 이틀이 지났다.

지금 내 눈앞에 커다란 벽처럼 베렌산이 새까맣게 우뚝 솟아 있다. 산은 그곳에 오는 자들을 거절하듯이 납빛의 무거운 공기로 에워싸여 있었다.

'정말로 그 '붉은 마수'가 있을까…? 그러면 이 앞은…?'

문득 올려다보니, 숲속의 나무들 가운데 유독 튀어나와 있는 거대한 녹나무가 시야에 들어왔다. 높이가 50미터쯤이나 될까. 어쨌든 터무니없이 큰 녹나무다. 주변의 나무들은 마치 잡초처럼 작게 보였다. 그 녹나무가 나를 손짓하며 부르는 것 같이 느껴졌다.

'좋아, 일단은 저기에 가 보자!'

나는 거기에 무엇이 기다리고 있는지도 생각지 않고, 마치

불에 이끌리는 곤충처럼 거대한 녹나무를 향해 길도 없는 곳을 걷기 시작했다. 바위를 오르고 풀을 헤치며 쓰러진 나무를 타고 넘으면서 나아갔다. 녹나무까지 100미터 정도나 남았을까, 뭐라 말할 수 없는 기척을 느끼고 멈춰 섰다.

'이… 이건 뭐지?'

녹나무를 중심으로 한 주변 공기가 어둡고 무겁게 땅속에 깊이 박혀 있는 듯이 느껴졌다. 등에 찌르르 전기가 흘렀다.

'뭔가가 있어… 혹시 붉은 마수?'

온몸의 털이 긴장해서 소름이 끼쳤다.

심장이 두근두근 울리고 발끝은 싸늘히 차가워졌다.

'계속 가야 하나, 돌아가야 하나…?'

한 번 더 눈을 감고 내게 물어보았다. 대답은 마찬가지였다. 나의 에고는 도망치라고 말하고 있었지만, 나의 영혼은 계속 가라고 말하고 있었다.

(각·오·해·라!)

코우자의 말이 가슴에 한 자 한 자 오롯이 새겨졌다.

바람이 부는 쪽으로 이동해서 몸을 구부리고 세심하게 주의를 기울이며 한 걸음씩 천천히 녹나무에 다가갔다. 나무에 다가가면 갈수록 공기는 거북해지고 호흡이 곤란해졌다. 마치 녹나무 언저리만 중력이 몇십 배나 되는 듯했다.

'이…, 이게 '공포'구나….'

커다란 혹처럼 울퉁불퉁한 녹나무는 그 자체가 거대한 생물처럼 주변을 위압하며 지배하고 있었다. 큼직한 검은 줄기에서 나오는, 눈에 보이지 않는 에너지가 사방을 거무죽죽한 잿빛으로 물들이고 있어서, 정작 중요한 나무가 잘 보이지는 않았다.

용기를 최대한으로 쥐어짜서 한 걸음씩 앞으로 나아갔다. 발은 천근만근 좀처럼 떼기 어려웠다. 폐에 철판이 들어간 것처럼 숨이 막혔다. 가까스로 녹나무에서 30미터 정도 되는 거리까지 왔다. 귀가 막혀서 새소리가 안 들렸다. 공기에 눌려 뭉개져 버릴 것만 같았다. 필사적으로 발이 밀리지 않도록 힘껏 버티며 풀숲 그늘에서 녹나무를 정찰했다.

녹나무 외에는 아무것도 보이지 않았다. 줄기 굵기는 족히 10미터는 넘었다. 저렇게 크다니! 그리고 줄기의 반대쪽에서 뭔가 터무니없는 엄청난 압력이 느껴졌다.

경계 레벨을 최대로 올리고 녹나무 줄기를 천천히 조용히 우회하기 시작했다. 얼마나 돌았을까, 줄기의 그림자에서 느닷없이 어떤 동물의 털이 보였다.

'붉은 마수!'

그 굵고 뻣뻣한 검붉은 털은 인간의 총알도 튕겨 낸다고, 소문으로 들었던 붉은 마수의 털과 똑 닮았다. 다리가 부들부들 떨리기 시작했다.

'나…, 날 죽일 거야. 용기를 내, 용기를 내라고!'

마음을 다잡으며 줄기 주변을 가만가만 계속 돌았다.

몇 걸음 갔더니 그 동물의 발이 보였다. 틀림없이 곰의 발 모가지였다. 본 적도 들은 적도 없을 만큼 무지막지했다. 큰 나무처럼 굵직한 팔뚝, 죽창처럼 날카로운 발톱, 철사처럼 뻣뻣한 털! 그 시커먼 털로 뒤덮인 거대한 몸통이 보였다.

어느새 내가 산 같은 괴물의 정면에 서 있다는 사실을 문득 깨달았다. 나의 발은 주문에 걸린 양 얼어붙어 버렸다.

'모…, 못 움직이겠어…. 괴물은 눈을 감고 있다. 자고 있는 걸까? 아…, 아냐. 그럴 리 없어. 이미 훨씬 전에 내 기척을 알아차렸을 거야.'

괴물의 가슴이 서서히 오르내리고 있었다. 괴물은 느긋한 움직임과 요란하고 묵직하게 울리는 호흡 소리만으로 이곳을 완전히 제압해 버렸다.

'꼬…, 꼼짝달싹할 수가 없네….'

두 줄기 눈물이 고드름이 될 지경이었다. 죽음의 공포가 엄습했다.

그때였다. 마치 내가 자신의 눈앞에 온 것을 감지했다는 듯이 거대한 곰은 느릿느릿 눈을 떴다.

그것은 시커먼 구멍이었다.

구멍…,

감정이라곤 없는 시커먼 구멍,

끝도 없는 시커먼 구멍이 나를 빨아들이려 하고 있었다.

'죽음….

죽는다!

시뻘건 피가 튀고 절규와 함께 두 동강이 나서 흩날리는 말과 개의 살덩어리…. 아, 그 피로 물든 땅….'

머피가 했던 말이나 선배 사냥개에게 들었던 수많은 무서운 광경이 머릿속에 선명히 떠올랐다.

'도망쳐! 도망쳐야 해!'

하지만 발은 수렁에 빠진 듯 점점 힘만 빠져서 움직일 수가 없었다. 커다란 곰은 시커먼 구멍 같은 눈으로 나를 포착하고 있었다.

'부탁이야! 움직여 줘! 움직여! 움직여 줘!'

필사적으로 발한테 빌었다. 비로소 발은 주술에서 풀린 듯이 활력을 되찾았다.

'됐다, 움직인다!!'

나는 큰 곰에게 냅다 등짝을 돌리고 전속력으로 쏜살같이 도망쳤다.

'죽고 싶진 않아! 잡히면 뒈지는 거야! 빠, 빨, 빨리 가야 해! 도, 도, 망쳐! 도망치는 거야!'

정신없이 달리고 또 달렸다. 어디로 얼마나 뛰었는지도 모르겠다. 조금 안정을 찾고 멀어져 가는 녹나무를 뒤돌아보았다. 다행히도 큰 곰은 온데간데없이 사라져 버려서 기척도 느껴지지 않았다.

'사…, 살았다…!'

나는 거칠어진 호흡을 추스를 틈도 없이 땅에 털썩 주저앉았다.

'저게 붉은 마수…!'

안도감과 탈진감이 나를 감싸면서 우르르 피로가 몰려왔다. 정신을 차려보니 태양이 서쪽으로 기울고 있었다.

'오늘은 이 부근에서 자야지.'

정말 힘든 하루였다. 그렇게 무서웠던 적은 태어나서 처음이다. 갈도스와 마주했을 때도 화이트 킹과 싸웠을 때도 그런 공포는 느끼지 않았다. 그들과는 호적수, 그런 느낌이었다. 하지만 그 큰 곰은…, 나와는 완전히 다른 차원의 존재! 눈 깜짝할 사이에 내가 벌레처럼 짓밟혀 버릴 듯한 다른 차원의 존재감! 그 허우대 자체가 엄청난 공포였다!

시뻘건 석양이 장대하게 산나무들을 물들이고 있었다. 나는 아름다운 풍경을 맛볼 여유도 없이 푹 깊은 잠에 빠져들었다.

다음 날 아침, 아직 어둡고 해 뜨기 전인데도 눈이 떠졌다. 나는 쓱 일어서서 부르르 몸을 떨었다.

'이제 어떻게 할까…? 붉은 마수를 피해 베렌산에 오르는 수밖에 없는 것 같다. 그래, 녹나무 옆을 안 지나가면 되지. 붉은 마수는 그 나무 근처를 거처로 삼고 있는 거겠지. 분명 그럴 거야. 그러니까 되도록 거리를 두면서 산으로 가면 될 거다. 멀리 보이는 녹나무를 등지고 길도 나 있지 않은 곳으로 가 보자.'

걸으면서 어제 있던 일을 떠올렸다.

'그 압도감과 위압감, 모든 걸 삼킬 듯한 구멍 같은 눈깔!'

떠올리는 것만으로도 발이 움직이지 않았다. 나도 여태껏 수많은 강적들과 싸워 왔지만, 그렇게까지 무섭지는 않았다. 완전히 차원이 다른 '절대적인 강함'을 눈앞에서 보고, 내가 한심할 정도로 '보잘것없이 약한 존재'라는 걸 알게 된 느낌이랄까…?

'설마 이런 곳에 전설의 붉은 마수가 있을 줄이야…. 운도 없지. 머피가 말한 대로 다르샤는 정말 붉은 마수의 첩자였을까…?'

나는 그 생각을 떨쳐버리려고 세차게 머리를 흔들었다.

'그럴 리 없어. 그때 다르샤의 눈에 거짓은 없었잖아. 죽기 직전에 그런 거짓말을 한다 한들 소용도 없을 테고…, 코우자도…. 하지만 그 가조조차 순식간에 당했다고…. 다르샤나 코우자는 붉은 마수가 여기에 있는 걸 아예 모르는 게 아닐까?

붉은 마수는 최근에야 여기에 자리를 잡은 게 아닐까? 분명 그럴 거야. 아냐, 아냐, 아니지. 알고 있었을 거야. 그들이 이런 중요한 걸 모를 리가 없어. 가 보면 알 거다. 그렇게 말했잖아. 그래, 그리고 갔더니 붉은 마수가 있었다…, 그런 거군. 이제 어떻게 하지? 돌아갈까? 코우자가 있는 곳으로 돌아가서 '어떻게 할까요?'라고 물어볼까? 아냐, 그건 아닌 것 같아. 그럼 어떻게 하지? 계속 가? 그곳으로 다시 갈까? 아냐, 아냐. 역시 도망가야겠지. 날 죽여 버릴 거야. 그럼 어느 길로 가지? 길 따위는 없는데.'

마음속에서 같은 생각이 빙빙 계속 돌았다. 베렌산 전체가 '붉은 마수'의 위압감으로 덮여 육중하고 거무칙칙하게 나를 짓누르듯 옥죄었다.

'하아, 어떻게 하지…?'

다르샤와 코우자는 베렌산에 가라고 말한다. 하지만 거기에는 붉은 마수가 있다. 내가 가면 분명 나를 죽일 거다. 머피에게 '죽게 된다 해도 괜찮아'라고 말했지만, 역시 그 상황이 오면 죽는 건 무섭다. 그렇다고 되돌아가서 머피 일행처럼 들개가 되고 싶지는 않고…. 더구나 주인님이 계신 곳에 돌아간다는 건 있을 수 없어….'

내 마음은 좌우로 위아래로 빙글빙글 계속 돌고 있었다. 당연히 베렌산에도 올라가지 못했다. 무엇보다 그 위압감이 무서워서 산에 다가갈 수 없었다.

눈을 감고 영혼의 소리를 들으려고 해도, '무서워! 죽고 싶지 않아!'라는 에고의 소리가 너무 커서 그 구석에서 들리는 영혼의 소리가 조금도 들리지 않았다.

그러고 있는 동안 나는 베렌산 기슭을 닷새나 빙빙 돌며 헤매고 있었다.

닷새째 밤, 나는 기진맥진해서 잠이 들었다. 별로 격렬하게 움직이지도 않았는데 굉장히 뻑적지근했다. 잠깐 꾸벅꾸벅 졸았다. 난데없이 어디선가 목소리가 들렸다.

"이봐, 존."

흠칫 놀라 두리번거렸다. 아무도 없었다. 하지만 목소리는 이어졌다.

"너, 어떻게 하고 싶은 거야?"

들어본 적이 있다! 그 따뜻한 소리는 다르샤의 목소리였다.

"앗, 다르샤! 다르샤 맞아?"

나는 벌떡 일어났다.

"왜 베렌산에 안 가는 거야, 존?"

"거기엔 붉은 마수가 있어. 가면 날 죽일 거야. 어떡하면 좋을지 모르겠어…."

"아 그래, 붉은 마수라…. 그놈은 힘들긴 하지."

다른 사람 일처럼 대답하는 다르샤의 목소리를 듣고 나는 발끈했다.

"무슨 소릴 하는 거야! 가조랑 머피 일행은 네 애길 듣고 여기에 왔다가 그놈한테 공격당했다고! 알고 있었지? 가조는 죽었다고!"

다르샤의 목소리는 더 느려졌다.

"그건 그 녀석들이 선택한 거야."

"선택?"

나는 말끝을 올려서 싸움 걸듯이 되물었다.

"선택이고 뭐고…, 상대는 붉은 마수라고!"

다르샤의 목소리는 머뭇머뭇 망설이는 투로 바뀌었다.

"존, 좋은 걸 가르쳐 줄게. 이걸 할지 말지는 네 자유야."

"뭔데?"

"넌 지금 '공포'와 '불안'에 사로잡혀 있어."

"음, 확실히 그렇지. 네가 말한 대로다."

"지금 그 상태가 네가 느끼고 싶은 '진정한 자신'이라면 그 대로 그걸 떠안고 살아가. 그게 네 진짜 모습이 될 테니까."

"나의…, 진짜 모습…?"

"하지만 그게…, 그걸 느끼면서 살아가는 너 자신이 '이건 진정한 내가 아니다'고 느낀다면 그 '진정하지 않은 자신'과 마주 보는 거야. 도망치면 안 돼."

"마주 보라고…?"

"그래, 도망치면 칠수록 '공포'와 '불안'은 더 따라오거든. 결국 그것에 붙잡혀서 그 진정하지 않은 자신이, 진정한 자신으로 뒤바뀌어 버리는 거야."

"…"

"존, 용기를 내. 자신과 마주 보고 자신을 바라봐. 그리고 꿰뚫어 보는 거야. 진정하지 않은 자신과 대결하는 거지. 길은 그것밖에 없어. 자신을 알 수 있는 자만이 다음 길로 나아갈 수 있거든."

그렇게 말하고 다르샤의 목소리는 어둠 속으로 사라져 갔다. 나는 좀 더 다르샤의 목소리와 이야기하고 싶어 귀를 기울였지만, 더 이상 아무것도 들리지 않았다.

다음 날 아침, 눈을 뜨고 어젯밤의 일을 떠올렸다.

'그건 꿈이었을까? 자신과 마주 보기, 자신을 바라보기, 자신을 꿰뚫어 보기…. 자신의 공포와 불안과 마주 보고 대결하기…. 진정하지 않은 자신과 마주 보고 대결하기…. 자신을 알 수 있는 자만이 다음 길로 나아갈 수 있다….'

마음속으로 거듭거듭 되뇌었다. 그리고 눈을 떴다.

'갈 수밖에 없군.'

나는 가슴에 각오를 품은 채, 거대한 녹나무를 향해서 눈부시게 빛나는 아침 햇살 속으로 걷기 시작했다.

8

반나절이나 걸었을까. 눈앞에 살벌하게 큰 녹나무가 보였다. 우람한 원줄기에는 괴이하게 혹 같은 뿌리가 퍼져 있었다. 덧가지들이 마치 자기 뜻을 표현하듯 방사형으로 뻗쳐 나가고, 잔가지들은 무수한 잎들을 분수처럼 뿜어내고 있었다. 그때 줄기의 중심부에서 뭐라 말할 수 없는 답답한 위압감이 사방을 뒤덮을 만큼 전해져 왔다.

'저기에…, 있다!'

그 기척은 틀림없이 '공포'의 원천인 '붉은 마수' 그 자체였다. 나는 평소처럼 바람이 부는 쪽으로 돌아서 가까이 가려고 생각하다가 갑자기 생각을 바꿨다.

'그만두자. 마찬가지다. 어떤 잔꾀를 부려도 놈에게는 안 통한다. 그렇다면 정면으로 가자. 이건 나의 공포와 불안, 진

정하지 않은 나 자신과의 대결이니까.'

어느 정도 걸었더니 거대한 녹나무에서 수백 미터 되는 거리까지 왔다. 그곳에서는 녹나무 전체가 보이고, 우람한 줄기의 한가운데에 육중한 동물의 그림자가 보였다.

'역시 있군…! 여기서도 보일 정도니까 엄청난 크기다.'

공포가 마음을 휘감았다.

'선배 개들에게 들은 처참한 전설, 가조와 그 동료들의 비참한 죽음…. 하지만 여기서 도망칠 수는 없다. 이제 도망 다니는 건 그만둬야지. 그런 삶은 살고 싶지 않아. 그건 나의 진짜 모습이 아니야.'

나는 조금씩 녹나무에 다가갔다. 커다란 그림자가 점점 더 선명해졌다. 역시나 큰 곰이 앉아 있었다. 그놈은 앉아 있어도 서 있는 일반 곰보다 훨씬 컸다.

일어서면 12~13미터는 될지도 모르겠다. 소문에 따르면, 저 뻣뻣한 털은 총알도 튕겨 내고, 굵직한 팔뚝과 날카로운 발톱은 말이나 사람도 두 동강을 냈단다.

머릿속에 참혹한 광경이 떠오르자 다리가 후들후들 떨리기 시작했다.

'무리다, 무리야. 날 죽일 거야!'

공포가 외쳤다.

'도망쳐, 도망치라고! 살아 있어야 다음도 기약하는 거니까.

지금이라도 늦지 않아. 여기서 벗어나는 거야! 달려! 도망쳐!'

이번에는 그 목소리를 꽉 누르는 듯이 자신에게 대꾸했다.

'도망치지 마! 도망치면 안 돼! 그러면 이전이랑 똑같잖아! 이번엔 달라. 대결하는 거야. 공포와 마주 보고 대결하는 거야! 진정하지 않은 자신과 결말을 짓는 거야! 도망치지 마! 나아가! 앞으로 나가!'

또다시 공포가 외쳤다.

'무슨 소리야! 도망쳐, 도망치라고! …, 도망치지 마! 나아가! 앞으로 나가!'

나는 눈을 감고 마음속으로 염원하며 두려움을 용기로 억누르고 다시 걷기 시작했다.

드디어 50미터 남은 지점까지 다가갔다. 큰 곰의 얼굴도 똑똑히 보였다. 이전과 마찬가지로 눈을 감고 있었다.

'내 기척을 눈치챈 것이 틀림없다. 이제 어쨌든 가는 수밖에 없어!'

부들부들 떨리는 발을 질질 끌면서도 용기를 최대한 쥐어짜 한 발, 또 한 발 내디뎠다. 조금씩, 하지만 확실히 나는 큰 곰에게 가까워지고 있었다. 30미터, 20미터, 10미터, 5미터…, 이제 엎드리면 코 닿을 데라 숨통이 막혀 왔다. 큰 곰이 내뿜는 위압감은 이 장소만 중력을 다른 곳의 몇십 배로 바꿔놓은 것 같았다.

3미터…!

큰 곰은 아직도 눈을 감고 있었다. 내 시선은 큰 곰의 얼굴에 그대로 붙박여 버렸다. 큰 곰이 언제 눈을 뜰지 불안으로 가득했다.

몇 분이나, 아니 몇 초나 흘렀을까. 도무지 큰 곰은 움직이질 않았다.

'이제부터 어떻게 하지?'

지금 여기까지 온 건 괜찮지만, 앞으로 어떻게 할지는 전혀 생각지 못했다. 머릿속이 새하얘졌다.

그렇게 또 얼마나 거기에 서 있었을까. 점점 그 답답한 공기에도 익숙해졌다. 큰 곰이 발산하는 위압감도 처음만큼은 느껴지지 않았고, 호흡도 조금은 평소처럼 할 수 있게 되었다. 산소가 공급되니까 머리도 움직이기 시작했다.

'말을 걸어 봐야지…. 하지만 깨우면 날 공격할지도 몰라. 아냐, 정말 자고 있을까? 만약 깬다면 어쩔 작정이지? 좋았어, 붉은 마수가 눈을 뜰 때까지만이라도 예서 기다려 보자.'

나는 끈기 있게 큰 곰 앞에 서 있기로 했다. 그놈은 눈을 감은 채 미동조차 없었다. 그놈의 숨소리만이 주위를 압도하고 있었다. 나에게는 영원에 가까운 시간이 흐르던 그때, 느닷없이 그놈이 눈을 떴다. 그 시커먼 구멍이 나를 바라보았다.

"으앗"

나는 그 구멍으로 머리부터 빨려 들어갈 것 같아서 발톱에 꽉 힘을 주고 버텼다. 큰 곰은 시커먼 구멍으로 나를 지그시 내려보다가 얼마 후 땅속에서부터 울려오는 듯한 낮은 목소리로 내게 말을 걸었다.

"너…."

'분명 악마나 대마왕이 있다면 이런 목소리겠지' 하는 생각이 들었다. 그 표정에는 전연 감정이 없었다.

"너…, 언제까지 그럴 참이냐. 무슨 볼일이라도 있나?"

나는 뭔가 대답하려 했지만, 입만 뻐끔거릴 뿐 목소리가 나오질 않았다.

"…."

큰 곰은 또 말이 없어지더니 시커먼 구멍으로 나를 계속 빨아들였다.

'침착해, 침착하자….'

나는 크게 심호흡을 해서 신선한 공기를 폐와 뇌에 깊숙이 흘려 넣었다. 공포로 가득한 머리와 세포에 산소가 투입되자, 겨우 조금씩 진정을 되찾았다.

"…, 하…, 하이랜드에…, 가고 싶어…."

목소리를 최대한 쥐어짜서 가까스로 몇 마디를 더듬거렸다. 막힌 속이 약간 트이면서 말문이 열렸다.

"하…, 하이랜드로 가는 길을…, 아…, 알고 싶은데…."

큰 곰은 찬찬히 나를 훑어보며 말했다.

"하이랜드에 왜 가려는 거지?"

낮게 울리는 그놈의 목소리는 지옥의 재판관 같았다. 나는 다시 용기를 쥐어짰다.

"나…, 나에겐 책임이 있어. 그…, 그러니까 나…, 난 반드시 하이랜드에 가야만 해."

큰 곰의 시커먼 눈구멍이 번쩍 빛나며 표정이 쓱 변했다.

"네가 말하는 '책임'이란 어떤 책임이지?"

나는 또다시 용기를 내서 또박또박 대답했다.

"내게 이걸 알려 준 다르샤에 대한 책임, 자신의 영혼의 소리를 따라 싸우다가 나한테 죽어 버린 갈도스에 대한 책임, 그리고 무엇보다 나 자신의 영혼의 소리, 진정한 나에 대한 책임이다."

"내가 누군지는 알고 있나?"

"알고 있다마다. '붉은 마수'잖아."

큰 곰은 이해가 가지 않는다는 듯이 코를 킁킁거렸다.

"내 이름은 조박."

조박은 천천히 일어섰다. 몸집이 너무나 거대하여, 올려다보아도 얼굴이 보이지 않았다.

"너, 이름이 뭐지?"

"나…, 나는 존."

"존, 날 따라와라."

조박은 아득한 머리 위쪽에서 말했다. 그리고 저벅저벅 걷기 시작했다. 나는 각오하고 그의 뒤를 따라갔다. 그는 돌아보지 않고 베렌산을 오르기 시작했다.

'이 길로는 아마 조박밖에 다니지 않으리라.'

다른 짐승들의 기척이나 흔적이 일절 없었다. 그곳은 베렌산의 왕이 다니는 길이었다. 깊고 무성한 나무들 사이를 빠져나가 한동안 올라가니, 주위 풍경이 한눈에 보이는 멋지고 끝내주는 언덕배기가 나왔다.

9

멀리 북쪽 계곡이 희미하게 보였다. 점점 해가 설핏해져서 더 이상 보이진 않았지만, 날씨가 좋을 때는 내가 살던 숲도 보일 것 같았다.

문득 깨닫고 보니, 언덕 한가운데에도 그럴싸한 녹나무가 한 그루 서 있었다. 그 곁가지 밑에는 낙엽과 삭정이가 쫘악 깔려 있었다. 조박은 녹나무를 좋아하는 듯했다. 그는 녹나무 아래로 가더니 느긋하게 돌아보았다.

"앉아라."

나는 그가 권하는 대로 낙엽과 삭정이 위에 앉았다. 기분 좋을 만큼 폭신한 탄력이 있었다.

조박은 한동안 말없이 있다가 내 눈을 들여다보며 물었다.

"너에게 가장 소중한 건 뭐냐?"

예상 밖의 질문에 당황했지만 생각을 가다듬었다.

'이건 중요한 것을 묻는 거다. 가장 소중한 것…, 가장 소중한 것…'

나는 마음에 물으며 떠오른 느낌을 말로 바꾸었다.

"지금 내게 가장 소중한 건 '진정한 자신'과 '진정한 자유'다. 난 그걸 찾아 여행하는 중이고."

조박은 처음으로 표정을 누그러뜨렸다.

"과연, 날 다시 만나러 올 만도 하군."

그는 잠시 뜸을 들이다가 계속 덧붙여 나갔다.

"확실히 난 과거에 '붉은 마수'라 불렸지. 하지만 나 스스로 그 별명을 사용한 적은 한 번도 없었다. 다들 제멋대로 그리 불렀을 뿐이야."

그는 약간 이해되지 않는다는 듯이 웃으며 내 눈을 넌지시 바라보았다.

"나를 만난 많은 여행자들이 선택하는 길은 두 가지다. '공포'에 사로잡혀 내게 덤벼들거나, 아니면 도망쳐 버린단다. 즉 싸우느냐 도망치느냐 그것만이 문제지."

"싸우느냐, 도망치느냐…."

"나는 덤벼드는 자에게 적당히 하지 않는다. 그게 아무리 공포에 휩싸인 자라 해도 말이다. 그것이 상대에 대한 나의 예의다. 그리고 강한 자가 이기지. 승부란 그런 거야."

그는 입을 꾹 다물면서 코로 후우 숨을 내뿜었다.

"그리고 도망치는 자는 뒤쫓지 않는다. 이미 승부는 판가름 났으니."

'그런가…. 그럼 조박은 '공포의 붉은 마수'가 아니라 '고고한 투사'로구나.'

그의 눈은 생생히 빛나고 강함과 자신감과 위엄으로 가득차 있었다. 조금 전의 감정이 전연 느껴지지 않던 시커먼 구멍 같은 눈과는 완전히 달랐다.

조박은 내 생각을 민감하게 살폈다.

"상대방의 의도를 알 때까지는 나는 '무無'가 된다."

"무… 말입니까…?"

"그래, '무'…. 이것이 싸움에서 최강 경지다. 상대방의 의도를 헤아려 아는 순간, 가장 빠르고 가장 알맞은 반응이 생기지. 거기에 사고는 없어. 감정도 없지. 싸움할 때 사고와 감정은 방해가 될 뿐이야. 그리고 네가 본 게 나의 '무'란다."

조박의 말은 귀에서만 맴돌 뿐, 머리나 가슴으로는 받아들일 수가 없었다.

"이해 못하는 게 당연하다! 나도 거기에 도달하는 데는 꽤 시간을 들여 희생을 치렀으니까. 내가 '무'인 상태로 있기 때문에 나와 대면한 자는 할 수 없이 '자기 자신'과 마주 보게 되었단다."

"자기 자신?"

"그렇다, 자기 자신이다. 나는 '무'이기 때문에 '거울'인 것이다. 그래서 나와 상대한 자는 자기 자신과 마주 보는 게 된다."

나는 조박과 상대했을 때 느낀 강렬한 위압감과 뭐라 말할 수 없는 공포를 떠올렸다.

"그래, 네가 느낀 공포는 너 자신이다. 네 내면이 거울이 되어 나타난 것이다."

"내면? 거울?"

"그래, 네가 느낀 공포는 너 자신이 만들어 낸 거야."

"나 자신이 만들어 냈다…?"

그 공포를 나 자신이 만들어 냈다는 건가? 그럴 리 없다. 그건 틀림없는 공포 그 자체였으니까.

"너는 지금 '그럴 리 없다. 그건 내가 만들어 게 아니야'라고 생각하겠지."

마음속을 간파당한 나는 가만히 고개를 끄덕였다.

"알겠나? 그때 내가 무엇을 했는지 생각해 보는 거야."

나는 조박과 처음 만났을 때를 세세히 떠올렸다. 그는 커다란 녹나무의 뿌리에 앉아 있었다. 나는 줄기 주위를 돌고 있었지만, 그는 눈을 감고 있었다. 그가 눈을 뜨고 시선이 마주친 순간 나는 공포에 사로잡혀 도망치기 시작했다. 조박은 아무엇도 하지 않고 나를 보고 있었을 뿐이었다.

"…."

"그래, 난 아무것도 하지 않았지. 눈을 뜨고 널 봤다, 그저 그뿐이었다. 허나 넌 도망쳐 버렸어."

확실히 그랬다. 조박은 아무것도 하지 않았다. 그런데 나는 제멋대로 공포를 느끼고 달아나기 시작했다. 왜 그랬을까? 조박은 나를 공격하는 기색도 보이지 않았다. 그런데 왜 나는 공포를 느꼈을까?

"조금 전에도 말했듯이, 나는 '무'이므로 '거울'인 것이다."

"무이면서 거울…."

"그렇다. 네 마음속에 파묻혀 있던 공포가 나타난 거야. 그때 네 머릿속에서 어떤 말이 떠올랐지? 네 머릿속에 어떤 영상이 스쳐 지나갔지?"

"그때의 나는…, '죽임당할 거야. 죽고 싶지 않아. 도망쳐!' 그런 말들이 온통 머릿속을 점령하고 있었어. 그리고 소문으로 들은 처참한 영상도 선명히 뇌리에 떠올랐고…, 요."

"그것들은 죄다 네가 네 머릿속으로 만들어 낸 '공포'라는 환상이지."

"공포…, 라는 환상?"

"나는 비추는 거울일 뿐이야. 너는 자기 자신이 만들어 낸 공포에 지레 겁먹고 달아나 버린 거다."

"자기 자신의 공포에 겁먹었다…."

"네가 처음에 날 만나러 왔던 게 며칠 전이지?"

"닷새 전…, 입니다."

"그렇군. 닷새 전인가…, 그 닷새 동안 넌 뭘 했냐?"

나는 조박을 만난 후 닷새간 공포에 떨면서 베렌산 부근을 방황하던 자신을 떠올렸다.

"아무것…, 아무것도 하지 않았어. 그저 겁먹고 여기저기 돌아다녔지…, 요."

"그렇군. 닷새 동안 너는 스스로 만들어 낸 '공포라는 환상'에 지배당하고 '공포라는 환상'에 의해 무의미하게 움직이고 있었군."

"나는…, 공포라는 환상에 지배당했다…."

"그래, 그 닷새간 네 영혼의 소리는 들렸나?"

"아니…, 전혀…."

"좋은 걸 하나 알려 주지. 영혼의 소리…, 이 소리를 들리지 않게 만드는 몇 가지 요소가 있어. 그중 하나가 '공포'다."

"공포…."

"그렇다. 공포를 느끼면 네 영혼의 소리는 완전히 사라진단 말이야."

"공포가 영혼의 소리를 사라지게 한다…."

"네 마음속에 있는 공포가 영혼의 소리를 사라지게 하고,

너를 지배하며 겁먹게 만들어서 네가 아무것도 하지 않게 만들었지. 알겠나? 공포를 느끼면서 공포와 함께 공포에 지배당하며 살아간다는 것은 노예로 살아가는 것과 똑같아."

나는 머피 일행을 떠올렸다. 공포에 사로잡혀 나아가지도 되돌아가지도 못한 채 베렌산 주변에서 들개가 되어 살아가는 네 마리의 그 개들을. 공포의 노예…. 나도 요 며칠간 그런 상태였다!

"공포는 노예의 감옥이다. 자신의 공포에 사로잡혀 평생을 보내는 자들도 많이 있지. 아니, 그런 자들이 훨씬 많지. 인간에게 길러지는 녀석들처럼. 다들, 공포라는 감옥에 스스로 들어가 있는 노예란 말이야. 스스로 자진해서 노예가 된 자들이 얼마나 많은지 몰라. 거기엔 좋은 노예와 나쁜 노예밖에 없어. 어차피 둘 다 노예일 뿐…."

나는 해리를 떠올렸다.

'바깥세상은 약육강식. 그러니까 바깥에서는 살면 안 돼. 주인님이란 울타리 속에서 안전하게 살아가는 수밖에 없어…. 잠들어 있는 편이 행복해…. 무지는 행복, 공포의 감옥…, 노예의 일생….'

"공포 따윈 존재치 않아."

"공포가 존재하지 않는다고…, 요?"

"공포와 위험은 달라."

"무슨 말이죠?"

"'위험'은 '지금, 여기'에서 대처하면 되는 거지. '위험'을 두려워하고, 미래를 걱정하며 미래를 불안하게 보면서 마음속에 만들어 낸 그림자, 바로 그것이 '공포'야. 따라서 '공포'란 건 실재하진 않아. 다만 환상일 뿐…. 눈앞엔 위험만 있지, 공포 따윈 없어."

"공포는 환상…."

"그렇다. 대다수가 '위험'이 아니라 스스로 만들어 낸 '공포'라는 그림자 때문에 미래를 무서워하며 살고 있다. 공포가 자신의 생각이 만들어 낸 환상이란 것도 모른 채…. **공포 속에서 산다는 것은 환상 속에서 산다는 것과 같은 의미야. 이 환상을 깨닫는 것, 환상을 꿰뚫어 보는 것, 그것이 진정한 자신과 진정한 자유로 가는 첫걸음이지.**"

"진정한 자유…."

거기까지 말하더니 조박은 내 눈을 지그시 굽어보았다.

"넌 왜 돌아온 거지? 왜 다시 한 번 내가 있는 곳으로 돌아온 거냐고?"

"닷새째 밤에 어디선가 다르샤의 목소리가 들렸어요. 자신의 '공포'와 '불안', 진짜가 아닌 자신과 마주 보라고, 그리고 대결하며 꿰뚫어 보라고…."

"그렇다. 공포는 진정한 네가 아니다. 몇 번이고 말했지만 공포는 환상이다. 그리고 공포나 불안이란 환상과 대결하여 거기에서 승리하는 힘, 그것이 뭔지 아나?"

"…."

내가 잠자코 있자 조박은 천천히 확신에 찬 소리로 말했다.

"그건 '용기'다."

"용기…."

"그래, 용기. 그리고 용기를 지닌 자를 '용자'라고 하지."

그는 피그시 미소를 지었다.

"그래, 다르샤의 목소리란 말이지…. 역시, 그 녀석이 할 만한 대사다. 넌 다르샤의 목소리를 듣고 '공포'와 '불안'을, 즉 진짜가 아닌 자기 자신을 '용기'로 뛰어넘은 거야."

"다르샤를 알고 있나요?"

"알고 있다마다. 다르샤와는 예전부터 알고 지냈단다. 하지만 네가 들은 소리는 다르샤의 목소리가 아니야. 너 자신의 영혼의 소리지."

영혼의 소리…, 정말 그랬던 걸까?

조박은 물었다.

"…, 다르샤는…, 죽었나?"

"어떻게 알죠?"

"그 소리의 주인이 정말 다르샤였다면 너와 함께 내 거처로 왔을 것이다. 다르샤는 쓸데없는 참견은 안 하지만 늘 옆에 붙어 있지. 그런 녀석이야. 지금 다르샤가 여기에 없다는 건 그 녀석에게 무슨 일이 있었단 뜻이지."

나는 조박에게 다르샤의 최후를 이야기했다. 그는 밤하늘 저 먼 곳을 바라보았다.

"그래…, 그 녀석도 저쪽 세상으로 갔구나…. 뭐, 후회 없는 생이었으리라. 결국 존재는 누구 하나 예외 없이 저세상으로 갈 때가 온다. 이 세상의 존재는 모두 태어나고 변화하고 소멸해 가지. 나도 그리고 너도 말이다, 존."

무수한 별들이 빛을 뿌리며 막 쏟아져 내릴 것만 같았다. 마치 우리의 이야기를 들은 것처럼 별똥별 하나가 어둠을 가르며 휘이익 지나갔다.

조박은 서서히 나를 보고 즐거운 듯 입을 열었다.

"넌 특별해. 내 얘길 들려주지. 이건 아무한테도 한 적 없어. 물론 다르샤에게도 말이야."

10

조박은 다시 더 먼 곳을 쳐다보며 기억을 더듬었다.

"난 여기서 훨씬 북쪽에 있는 동토의 검은 숲에서 태어났어. 내가 철이 들 때쯤 아버지도 어머니도 돌아가셨지. 그들은 싸움에서 패배하고 내 눈앞에서 죽임을 당하셨다. 싸움에서 패배한 자는 살아남을 수 없지. 검은 숲에서는 나와 가족을 지키기 위해 싸우거나, 싸우지 않고 다른 자의 노예가 되거나, 그 두 가지 삶의 방식밖에 없었어. 내 부모는 노예가 되기를 거부하고 싸우다 죽은 거야. 운 좋게 살아남은 나는 필연적으로 강해져야만 했다."

조박은 그리운 듯이 눈을 가늘게 떴다.

"나는 살아남기 위해서 이기는 기술을 몸에 익혔어. 그리고 이기기 위해서는 뭐든지 했단다. 그렇게 하지 않으면 살아남을 수가 없었으니까."

그는 거기까지 말하고 허공으로 시선을 던졌다. 변함없이 별들은 반짝이고 있었다.

"그리고 어느샌가 나는 검은 숲에서 가장 강해져 있었다. 나를 거스르는 자는 누구도 살아남지 못했어. 그래도 난 안심할 수 없었지. 언제 나보다 더 강한 상대가 나와서 날 쓰러뜨리고 내 목숨을 빼앗아 버릴지도 모르니까!"

이번에는 어둠 속에서 서로 눈길이 닿았다.

"그래, 그 무렵 난 항상 내 자신의 공포에 지배당하며 공포 때문에 싸우고 있었어."

조박은 약간 자조적으로 쓴웃음을 머금었다.

"나는 늘 싸움에서 패배하고 상대방에게 목숨을 빼앗기는 장면을 상상했다. 그리고 그것이 현실이 되지 않도록 필사적으로 살아가고 있었지."

조박은 서글픈 눈빛으로 밤하늘을 올려보았다.

"나는 주변의 숲이나 평원, 호수나 산에 살고 있는 강자들에게 싸움을 청했지. 모든 강자를 다 쓰러뜨리면 공포에 떠는 내 마음도 평안해지리라 생각했어."

"모두를 다 쓰러뜨리다니…, 그런…."

"후후후, 그리고 난 인근의 강자들을 싹 다 쓰러뜨렸지. 그래, 북극의 대지부터 검은 숲, 오라이언 초원이나 아마나 평원, 그리고 여기 베렌산은 물론이고 북쪽 계곡까지 포함해서 모든 존재의 정점에 섰어. 벌써 십 년도 더 지난 일이란다. 물론 인간들도 나를 쓰러뜨리려고 했지만, 나의 상대가 되지 못했다. 나는 나 자신의 공포 이외엔 두려울 게 없었거든. 싸움에서는 공포를 느끼지 않고 '무'가 될 수 있는 자가 바로 최강이야."

"북쪽 계곡에 코우자는 없었나요?"

"코우자…, 코우자는 무익한 싸움은 하지 않아. 당시 나는 그를 겁쟁이라 불렀지만, 그게 아니고 내가 미숙했다는 걸 지금은 안다. 나는 북쪽 계곡을 넘어 서쪽 숲으로 향했지. 당시 서쪽 숲에는 나와 쌍벽이라 불리던 큰 곰 '베르겐'이 있었어. 나는 베르겐을 물리치기 위해 서쪽 숲으로 갔던 거야."

서쪽 숲…, 나 때엔 서쪽 숲은 거대한 백마인 '화이트 킹'이 다스리던 곳이었다.

"하지만 내가 서쪽 숲에 도착하기 직전에 베르겐이 싸우다 쓰러졌다고 전해 들었단다. 정확히는 싸우다 쓰러진 게 아니라 싸움을 포기했다고 한 것 같지만…."

조박은 밤하늘을 보던 시선을 나에게 돌렸다.

"그러면 베르겐을 쓰러뜨린 자는 도대체 어떤 놈일까? 베르겐, 최후의 강적이라 불리던 그 큰 곰이 싸움을 포기하게 만들 정도의 강자란 도대체 어떤 놈일까? 나는 무서웠어. 그를 쓰러뜨린 놈이야말로 최후의 강적임이 틀림없었다. 과연 나는 이길 수 있을까? 하지만 그렇기에 난 나의 공포를 극복해야만 했지. 이 강자를 이겨서 진정한 안심을 손에 넣어야만 했던 거야. 그래서 나는 서쪽 숲으로 들어갔단다."

거기까지 듣던 나는 무의식중에 꿀꺽 침을 삼켰다.

"나의 공포에 의한 투지가 어지간히 강했던 거겠지. 서쪽 숲에 들어가니까 작은 동물들이 금방 내 기척을 느끼고 허둥대며 달아나기 시작했다. 난 그런 건 전혀 신경 쓰지 않았지. 오히려 나의 존재를 모두에게 알리는 편이 앞으로의 전개에 있어 빠를 거라 생각했어."

확실히 그렇다…, 나는 조박과 만났을 때를 생각했다.

"얼마간 걸었더니 눈앞에 나만큼 크고 검은 곰이 나타났다. 베르겐이었지."

나는 상상했다. 초록으로 넘실대던 고요한 숲속에서 맞닥뜨린 거대한 곰 두 마리를!

조박이 베르겐에게 물었단다.

"넌 싸움에서 패배했느냐?"

"그렇다, 따라와라."

베르겐은 짧게 대답했다고 한다.

"내가 뭘 하러 왔는지 알고 있겠지?"

"알고 있다. 와 보면 알 거다."

이렇게 그들은 다시 한 마디씩 주고받았는데, 여하간 한참 걷자 은백색으로 빛나는 말이 나타났다는 것이다.

'화이트 킹? 아니지. 십 년 전이라고 하면 그 아버지일지도 모른다. 아니면 할아버지인가?'

뭔가 직감한 나는 조박의 말에 더 귀를 기울였다. 그는 밤하늘을 우러르며 시커먼 눈을 끔벅였다.

"큰 곰은 나와 비스름한 덩치는 물론 공격력도 아울러 갖추었는데, 어찌 그 백마한테 질 수 있단 말인가? 하지만 난 하얗게 빛나는 백마와 눈을 마주쳤을 때 모든 것을 깨달았다. 아니, 이해했단다."

조박은 낙엽과 삭정이를 깔아 둔 자리를 지그시 내려다보았다. 잎가지 언저리에서 벌레들이 찌르르찌르르 박자를 맞추듯 연신 울어 댔다.

"나는 패배했다."

"패배하다니…, 졌다는 겁니까?"

"후후후, 그렇다. 난 생애 처음으로 패배했다."

하지만 말과는 반대로 조박은 평안함과 온화함으로 가득한 표정이었다.

"그렇게 겨우… 겨우… 나는 '공포'에서 해방된 것이다."

'그런가…. 그래서 붉은 마수가 사라졌던 것이구나.'

붉은 마수가 갑자기 사라져 버린 건 사냥개들 사이에서도

7대 불가사의 중 하나였다. 조박은 자신의 공포에서 해방되어 더 이상 싸울 이유가 없어진 것이다. 그래서 붉은 마수도 사라진 것이다.

조박은 나를 불쌍히 여기듯 애써 정감 어린 표정을 지었다.

"눈앞에 전개되는 상황에서 불안이나 공포를 느꼈을 때는 생각해 내는 게 좋아. 그건 현실이 아니라 내 마음이 만들어 낸 환상이라는 것을. 그리고 진정한 자유를 얻고 싶다면 환상을 꿰뚫어 보는 거지. 결코 환상에 붙잡혀서 환상의 노예가 되면 안 돼."

"네."

"'공포'나 '불안'과 대결해서 극복하는 힘은 '용기'만 있는 건 아니야. 한 가지 더, 커다란 힘이 있지."

"또 하나의 힘?"

"그래, 또 하나의 힘. 그건 터무니없이 커다란 힘이다. 지금 내가 너에게 이걸 말해 줘도 상관없지만, 내 영혼의 소리는 '아직 이르다'고 말하고 있군. 모든 일에는 순서가 있지. 그러니 그만 말할게. 언젠가 너도 알게 될 때가 올 거야."

"…"

"내 애길 듣고 '지식'으로만 이해하는 건 의미가 없는 거야. '신체'와 '에고'와 '영혼', 이 세 가지로 이해하는 게 중요한 거지. 거기엔 상응하는 '체험'이 필요해. 너에겐 아직 그 체험이 없어. 우리는 체험을 통과해 나감으로써 이해하는 존재지. 고로, 여기서 나에게 들은 건 지식이 되어 버릴 거다. 지식은 필요 없어. 지식은 쓸모없다니까. 지식 따윈 체험에 방해가 될 뿐, 아무것도 아니야."

"…."

"네가 영혼의 소리를 따라 하이랜드로 향한다면, 언젠가 그에 상응하는 체험을 하게 되겠지. 모든 일에는 순서라는 게 있어. 그건 자연스레 다가올 거야. 그 흐름을 받아들이고 그 흐름에 몸을 맡기는 게 좋아."

"네."

"그렇지만 이 말 또한 지식에 지나지 않지. 쓸데없는 건 생각지 마. 그리고 잊어라. 지금 눈앞의 일에 의식을 집중해. 내가 너에게 말해 줄 수 있는 건 이 정도밖에 없어. 그리고 그건 이미 말했으니, 넌 다음 길을 나아가겠지."

"다음 길…?"

"아마나 평원으로 가라. 거기에 치카루라는 마을이 있다. 거기에 가면 알게 될 거야."

"아마나 평원의 치카루…."

"너 자신의 영혼의 소리를 신뢰하는 거다."

"네."

"존, 배가 고프겠군. 뒤에 있는 나무 구멍에 감자랑 나무 열매가 들어 있단다. 먹고 싶은 만큼 먹어 두는 게 좋아. 나도 먹을 거야. 오늘은 기분이 좋구나."

조박은 일어서서 존의 뒤에 있는 나무 구멍으로 걸어가서 감자와 나무 열매를 와르르 펼쳐 놓았다.

"감사합니다."

그날 밤 조박에게 많은 모험담을 들었다. 굉장히 기상천외하고 정말 재밌고 잊을 수 없는 밤이었다.

제4장 아마나 평원 — 에고의 감옥

11

다음 날 아침, 나는 아마나 평원으로 향했다.

아마나 평원은 베렌산에서 동쪽으로 스무날 정도 걸어야 나오는 매우 넓은 곳이었다. 아마나 평원에 가는 도중에 몇 갈래나 갈라진 길이 있었다. 지금 해가 뜨는 쪽으로 걸으면, 분명 치카루에 도달할 수 있으리라.

나는 도중에 일단 되돌아가서 머피 일행에게 조박의 이야기를 할까도 망설였지만 역시 그만두었다. 앞서간 내가 돌아가서 설명하는 짓은 왠지 아닌 것 같았다. 그들이 자신의 영혼의 소리를 듣게 되어 공포를 이겨 내고 앞으로 나아갈 것을 그냥 믿기로 했다.

베렌산에서 걸어서 열이틀째 되는 저녁, 구름의 움직임이 수상하기에 하늘을 올려다보았다. 잿빛 구름이 태양을 덮기 시작하며 대기가 습해지고 있었다.

'비가 오겠군!'

얼른 비를 피할 수 있는 곳을 두리번두리번 찾는 동안에 뚝 뚝 굵은 빗방울이 듣기 시작했다.

'아, 비가 오네. 빨리 찾아야 해.'

황급히 뛰었다. 앞쪽에 사람이 살았던 흔적이 있는 큰 폐가가 보였다.

'오오, 딱 좋은 곳에…. 좋아, 오늘은 여기서 묵자!'

나는 슬금슬금 기어 폐가에 다가갔다. 이미 여기서 살고 있는 동물들이나 비를 피하러 먼저 온 손님들이 있을지도 모르니까.

그나저나 엄청 큰 저택이었다. 주인님의 집보다도 컸다. 주의 깊게 폐가의 뒷문 쪽으로 돌아서 갔다. 조심, 또 조심하면서…. 저택은 사람이 살지 않은 지 꽤 오래되었는지, 여기저기에 동물이 드나들 만한 구멍이 뚫려 있었다. 나는 그 구멍이 아닌 사람들이 사용했을 법한 입구를 통해 집 안으로 들어갔다.

눈앞에 넓은 복도가 곧게 뻗어 있고 그 양쪽에 작은 방 여러 개가 나란히 연달아 있었다.

'이건 좋군. 다른 동물들과 맞닥뜨리지 않아도 될 테고…, 싸움이 나면 귀찮으니까.'

방을 몇 개 돌아본 후 아무도 없는 약간 큼직한 방 하나를 발견했다. 그 방은 사람들이 식당으로 사용한 모양이었다. 먼지와 거미집투성이인 테이블과 의자가 어수선하게 흩어져 있었다. 그나마 방에는 다른 동물의 기척은 없으니 다행이었다.

'좋았어. 배가 고프지만 오늘 밤은 여기서 자야지.'

나는 방구석에 널브러져 있는 낡아 빠진 천 위에 웅크리고 잠들었다.

"콰쾅~!!"

엄청난 천둥소리에 눈이 뜨였다. 아직 한밤중이었다. 쏴쏴 비바람이 몰아치는 소리가 들렸다. 번쩍 빛이 났을 때 방 입구 가까이에 동물의 그림자가 얼핏 비쳤다.

'누군가 왔다!'

나는 흠칫 놀라 자세를 낮추며 경계 모드로 들어갔다. 번쩍번쩍 빛날 때마다 그 그림자가 어른거렸다.

'적일까? 아군일까? 아니면 단순히 비를 피하러 온 자일까?'

그 그림자는 크게 한번 흔들리더니만 이윽고 푹 쓰러져 버렸다.

'쓰러졌네! 그 고꾸라진 모습이 심상치 않다…. 어떡하지? 가 볼까?'

한동안 망설였지만, 내 영혼의 소리는 '가라'고 말하는 듯했다. 발소리를 죽이며 방 입구 쪽으로 살살 나아갔다. 정말 거기에는 동물이 자빠져 있었다.

'별로 크진 않군…, 나랑 비슷한 정도일까….'

번쩍, 또 번개가 빛났다. 그 순간 쓰러져 있는 짐승의 몰골이 또렷이 드러났다.

'개다! 나와 같은 개야….'

덩치는 나만 했다. 무척 야위었는데 비에 흠뻑 젖어 떨고 있었다. 어둠 속에 길게 누운 개의 등짝을 보고 있자니, 참 오래된 기억이 뇌리를 스쳐 갔다.

'어라, 어디선가…?'

나는 필사적으로 기억의 끈을 더듬었다.

'어디서, 어디서 봤더라?'

그러자 과거의 기억과 눈앞에 쓰러져 있는 개가 뜻밖의 기억과 이어졌다.

"가조!! 가조 아닌가?!"

그래, 일 년 전 다르샤와 만나 영혼의 소리를 들었던 가조! 그 완벽한 리더, 가조! 머피 일행과 함께 붉은 안장이 있던 곳을 탈출해 베렌산에 도달한 가조! 그러나 여기에서 운 나쁘게 조박과 싸우다가 동료와 함께 목숨을 잃은 가조!

'가조, 죽은 게 아니었나?!'

한 번 더 가조로 보이는 개를 보았다. 틀림없이 가조다! 가조는 살아 있었다!

쓰러져 있던 개는 내 목소리를 들었는지 멍하니 나를 쳐다 보았다.

"누구냐…."

나는 너무나도 많이 변해 버린 가조의 모습에 놀랐다. 그 민첩하고 사납던 가조. 붉은 안장의 리더로 이름을 떨치던 가조. 강인한 신체, 늠름한 눈동자, 예리한 두뇌, 동료의 신뢰와 존경을 한 몸에 받고 열정적인 마음을 끓어오르게 하던 가조.

하지만 눈앞에 있는 가조는 깡마르고, 윤기 잃은 털마저 듬성듬성 빠져서 살가죽도 드러나 있었다. 모든 것을 포기해 버린 듯한 어둡고 힘없는 눈동자….

무기력한 눈으로 나를 바라보던 그 개는 숨이 끊어질 것 같은 목소리로 다시 말했다.

"넌 누구냐? …, 어떻게 내 이름을 알고 있지?"

그러나 그 개는 곧장 내뱉듯이 덧붙였다.

"가조…, 이제 그 이름은 버렸다. 그 이름을 가진 개는 죽었어. 나에게 이름 따위는 없다."

그 개는 나른하고 의아한 눈초리로 나를 한 번 더 꼬나보았다. 그러다 맥없이 풀린 눈으로 한참을 바라보더니 뭔가 생각난 모양이었다.

"오호…, 매의 깃털에 있던 존이구나."

"맞아, 존이야. 기억해 주는 건가?"

가조는 거기에 대답지 않고 부루퉁하게 말했다.

"흠…, 날 내버려 둬."

그는 눈을 감고 몸을 웅크렸다.

"가조, 살아 있었나…, 설마 살아 있으리라고는…."

"그래, 난 아직 살아 있다. 살아서, 살아남아서 수모를 당하고 있지. 그래, 나 따윈 죽는 게 나았어. 내게 살아 있을 자격 따윈 없어. 내버려 둬, 이대로 죽게…."

"그럴 순 없어."

"왜지? 상관하지 마."

"여기서 만난 것도 인연이니까."

"그런 건 관계없어. 그러면 저쪽에 가서 날 안 만났던 걸로 해 줄래? 그냥 잊어 줘."

"그럴 순 없어."

"흠…."

가조는 그대로 아무 말도 하지 않았다.

'아아, 가조가 살아 있어서 다행이다… 하지만 이제부터 어떻게 하지? 뭐, 일단 아침을 기다려 보자….'

나는 가조 옆에 웅크리고 잠이 들었다.

아침 해가 뜰 무렵에는 비도 멎었다. 풀과 나무에 내린 비와 이슬이 방울방울 무지개 보석처럼 빛나고 있었다.

내가 넋을 잃고 그 아름다운 풍경을 창문으로 보고 있는데 가조가 느릿느릿 몸을 일으켰다.

"가조, 잘 잤어? 어제는 비에 젖어 힘들었지? 조금 기운이 나냐?"

가조는 귀찮다는 듯이 눈을 가늘게 뜨고 나를 외면했다.

"가조, 혹시 괜찮다면 얘기해 주지 않으련? 도대체 무슨 일이 있었던 거야?"

"내게 상관하지 말라고 했을 텐데."

"유감이네. 이미 상관하고 있는데."

"내버려 둬. 난 말하고 싶지 않아. 누구와도 얘기하고 싶지 않다고."

내가 말했다.

"머피를 만났어."

가조는 벌떡 일어서서 빠른 어조로 되물었다.

"머피는, 머피는 살아 있었나?"

"아아, 살아 있었어. 머피 외에도 동료들이 있었지. 징거와 후트… 어, 그리고… 뭐더라… 아이…?"

가조는 기다리지 못하겠다는 투로 끼어들었다.

"아이거 말인가?"

"그래, 아이거."

"그 외에 다른 동료는? 그 외엔 없었어?"

"아, 그 외는 다들 '붉은 마수'에게 당했다고 하더라. 가조, 너도 그랬다고 했고."

가조는 후우 하고 한숨을 쉬더니 조용히 앉아 중얼거렸다.

"다행이다. 그놈들은 살아 있었구나…."

"가조, 나도 네가 틀림없이 죽었다고 생각했어. 살아 있어서 정말 놀랐다고."

"존, 나는 죽었어. 나는 거기서 붉은 마수에게 죽었다고."

"무슨 소릴 하는 거야. 살아 있잖아."

"리더인 가조는 거기에서 죽었다. 지금 여기에 있는 건 별수 없는 패배자야. 이름조차 잃어버렸지. 누구도 아닌 자, 아무것도 할 수 없고 누구의 상대도 되지 않는 자. 살아 있어도 별수 없는 쓸모없는 자. 그게 나야."

가조는 자조적으로 그렇게 말하고 또 웅크리며 누웠다.

"가조, 왜 그래? 너답지 않잖아. 동료가 살아 있다는 걸 알았으니 거기로 돌아가면 되잖아."

"내겐 그런 자격 따위 없어."

"가조, 너 자신이 어떻게 생각하든 넌 붉은 안장의 리더야. 그럼 도대체 어떤 자격이 필요하단 거야?"

"난 도망쳤다. 공포로 나 자신을 잃고 그곳에서 달아났다. 나를 잃고 공포에 사로잡혀 정신을 빼앗겨서 모든 것을 버리고 달아나 버렸지. 그런 쓸모없는 자는 결코 리더 따위가 아니야. 리더 이전의 문제지."

"아니…, 그건…."

"난 겁이 나서 부하들의 목숨을 희생하고 부하들이 죽임당하는 때에 나만 달아나서 살아남았던 거야. 나는 비겁자이고 겁쟁이이며 쓸모없는 자다. 내 죄는 영원히 사라지지 않아. 내가 살아 있는 것 자체가 치욕이요 죄일 뿐…."

나는 조박의 그 위압감과 공포를 떠올렸다.

'그 공포 속에서 나도 달아났다. 같은 상황이라면 나도 분명 가조와 마찬가지로 동료들을 두고 달아났을 거야. 그래, 가조는 나다! 가조는 그때 도망쳐서 그대로 영혼의 소리가 들리지 않게 되어 버린 또 하나의 나인 것이다.'

"존, 날 좀 내버려 두지 않을래? 난 끝났어. 여기서 끝이라고. 이런 쓸모없는 나 따윈 살아 있는 의미가 없어. 살아갈 장소 같은 것도 없다고. 할 수 있는 일도 살아갈 가치도 없다고. 날 두고 나가 줘."

가조는 내뱉듯이 말하고 몸을 웅크리며 내려다보았다.

"가조, 너는 나야."

"뭐라고?"

"너는 또 하나의 나라고."

그래, 달아나 버려서 진정한 자신이 되지 못한 또 하나의 나라고.

"무슨 소릴 하는 건지 모르겠군."

'그래서 내버려 둘 수 없어. 너는 나라고.' 나는 그 말을 삼켰다.

"엄청 참견이 심한 놈이네."

가조가 귀찮다는 듯 시선을 들었다. 여기에서 내가 조박을 한 번 더 만나러 갔던 이야기를 하면 역효과가 날 것 같았다.

그렇지! 문득 좋은 생각이 떠올랐다.

"가조, 넌 자신이 쓸모없고 아무것도 할 수 없다 그랬지?"

"그래, 그랬지."

"하지만 네가 쓸모 있는 일, 할 수 있는 일이 딱 하나 있어."

"그게 뭔데?"

가조는 의심 많은 시선으로 궁금해했다.

"나는 아마나 평원의 치카루라는 마을에 가고 싶어. 거길 알고 있어?"

가조는 고개를 수그린 채 대답했다.

"아아, 그 근처까지 간 적이 있어. 여기부터 동쪽으로 이레 쯤 가면 도착하지."

"가조, 나를 치카루로 안내해 주지 않으런? 난 네 도움이 필요해."

가조는 살짝 고개를 들고 이해가 안 간다는 표정을 지었다.

"내 도움? 내가 너에게 해 줄 수 있는 것 따윈 아무것도 없어. 있을 리가 없지. 그냥 동쪽으로 쭉 가면 된다고."

"아냐, 한 번 더 말하지. 난 네 도움이 필요해. 이리 보여도 나는 엄청난 방향치거든."

나는 조금 자랑스러운 표정으로 말했다.

"뭐? 방향치? 네가? 설마⋯."

"그래, 자랑은 아니지만 실은 엄청난 방향치라고. 아침에는 동쪽으로 걷고 있었는데, 어느새 저녁에는 해가 저무는 방향으로 걷고 있는 거야."

확실히 나는 약간 방향치였다. 하지만 이건 비밀이다.

"거짓말하지 마. 그래서 사냥개 역할을 잘 감당할 수 있겠어? 매의 깃털의 존이 방향치라는 소문은 한 번도 들어본 적이 없어. 나는 안 속아."

"그건 그렇지. 그런 소문을 내가 퍼지게 하진 않지. 내 명성에 손상이 가잖아. 그래서 방향에 대해서는 항상 해리에게 확인을 받곤 했지. 해리를 알고 있지?"

"아아, 너희 쪽의 세컨드 리더 말이군."

"그래, 난 다른 건 전부 자신이 있지만, 옛날부터 방향만큼은 전혀 안 되더라고. 아마 그 부분으로 머리가 안 돌아가는 거겠지. 그래서 해리가 없는 지금 나에겐 네 도움이 필요해."

나는 가조의 눈을 똑바로 바라보았다.

"가조, 너는 예전부터 알던 내가 이렇게 곤란한데 날 내버려 두고 여기에 웅크리고 누워서 안 도와줄 생각인가? 이대로라면 나는 치카루에도 못 가고 너랑 마찬가지로 객사해 버릴지도 모른다고. 넌 죽어도 괜찮을지 모르지만 난 죽으면 안 돼."

가조는 내 시선을 피하고 고개를 숙인 채 가만히 있었다.

"…."

잠시 침묵이 계속됐다.

"가조…."

내가 말을 걸려고 하자 그가 서서히 고개를 들었다.

"알겠다. 치카루까지만 안내하도록 하지."

그는 비틀비틀 일어섰다.

"고맙다, 가조."

이렇게 나는 그와 더불어 치카루에 가게 되었다.

12

나와 가조는 함께 저택을 나왔다.

일단 살아갈 목적이 생긴 그는 적극적으로 음식을 먹기 시작했다. 쇠약해진 체력도 서서히 돌아왔다.

나와 가조. '왕년의' 우수한 사냥개 두 마리는 쉽사리 먹잇감을 찾아서 위기를 피하며 동쪽으로 나아갔다.

우리는 걸으면서 이러저러 말을 나누었다. 나는 다르샤를 만난 일과 다르샤의 죽음, 일 년 전 갈도스와의 전투, 코우자나 앙가스와의 만남 등 이야기보따리를 풀어 놓았다. 하지만 조박과의 일은 좀처럼 꺼낼 수 없었다.

가조도 작년에 다르샤를 만난 일부터 북쪽 계곡을 빠져나갔을 때의 일, 그리고 베렌산에서 붉은 마수와 마주쳤을 때의 일과 그 후 유랑의 나그넷길 등을 들려주었다. 그는 머피 일행과 달리 다르샤에게 속았다고는 생각지 않는 듯했다. 그는 말하는 것과는 반대로 마음속에 아직 '동료'나 '하이랜드'를 향한 뜨거운 마음이 남아 있는 것 같았다.

'좋아, 함께 치카루에 가 보자. 분명 내게도, 가조에게도 뭔가 의미 있는 만남이 기다리고 있으리라.'

더불어 걷기 시작한 지 엿새째 저녁날, 숲을 빠져나가자 이제껏 본 적도 없는 광활한 평원이 펼쳐졌다.

"우와, 넓구나!"

"그래, 엄청 넓지. 여기가 아마나 평원이야."

우리는 마침내 아마나 평원에 당도했다.

아스라이 끝없는 지평선! 여태 걸어온 숲을 뒤돌아보았다. 시뻘건 석양은 수많은 나무들을 황금빛과 오렌지빛으로 물들이면서 웅혼한 빛의 대합창을 선사하고 있었다. 잎사귀들이 저무는 태양에게 작별의 손짓이라도 보내는 양 반짝반짝 흔들렸다.

우리는 서로 얼굴을 쳐다보며 싱긋 웃었다.

"석양을 등지고 곧장 걸으면 하루 만에 치카루까지 갈 수 있어. 오늘 밤은 이 부근에서 잘 곳을 찾자."

가조는 뭔가 아쉬운 듯 말을 더 이어나갔다.

"존, 내일이면 작별이네."

나는 깜짝 놀라 눈이 동그래졌다.

"무슨 소리야. 아직 치카루에 도착하지 않았잖아."

"이제 도착한 거나 마찬가지야. 곧장 걸어가면 된다니까. 자, 봐 봐."

가조가 턱을 들어 멀리 가리켰다. 짙은 보라색과 회색이 뒤섞인 하늘과 지평선 어름에 작은 마을의 모습이 보였다.

"저게 치카루야. 벌써 보이지."

"하지만…, 모처럼 여기까지 왔으니까 같이 가자."

"아냐. 약속은 약속이야. 난 내일 너와 헤어질게."

"가조, 너도 고집 센 녀석이구나. 왜 그리 딱딱하게 굴어?"

"고집? 쓸데없이 참견하지 마. 애초에 네가 안내해 달라고 해서 예까지 온 거라고. 난 이제 끝내고 싶어. 이 괴로움에서 해방되고 싶다고."

그의 완고함에 나는 발끈해서 되받아쳤다.

"괴로움? 어떤 괴로움이지? 어디 아프기라도 하냐?"

"존, 모든 일이 잘 풀리는 너 같은 놈은 내 괴로움을 이해 못 할 거야. 나는 부하를 죽게 내버려 두고 겁을 먹고 나만 뻔뻔스레 살아남았어. 어쩔 수 없는 비겁자요 패배자요 치욕스럽고 쓸모없는 죄인이라고. 나 따위 살아 있을 가치가 없어. 내가 살아 있는 것만으로 얼마나 괴로운지 네가 아냐고!"

"가조, 넌 언제까지 그렇게 비극의 주인공을 연기할 생각이야?"

"비극의 주인공! 연기라고? 내가? 한 번 더 말해 봐!"

가조는 이글거리는 눈초리로 나를 노려보았다.

"그래, 나한텐 그렇게 보여. '나만 나빠! 난 안 돼! 난 겁쟁이야! 난 비겁자야! 난 치욕이야! 쓸모없는 죄인이야!' 지금 넌 그리 말하면서 자신을 깎아내림으로써 자기만족하고 있을 뿐이라고! 그런 걸 비극의 주인공을 연기한다고 하는 거야!"

"뭐, 뭐라고!!"

가조는 당장이라도 덤벼들 것처럼 이빨을 드러냈다. 나도 같이 쏘아보았다.

"한 판 뜰까? 난 주눅 들어 있는 너 따위에겐 지지 않아!"

우리는 으르렁으르렁 어금니를 드러내고 단박에 목덜미를 물어뜯을 듯이 서로 몸을 구부렸다. 긴장감이 팽팽히 흘렀다. 한쪽이 조금이라도 움직이면 금방 맞붙을 기세였다.

몇 초나 지났을까. 느닷없이 바로 옆에서 엉뚱하게도 그 상황과 어울리지 않는 느긋한 목소리가 울려 퍼졌다.

"아앗, 진짜네!"

힘이 쭉 빠졌다. 엉겁결에 소리 난 쪽으로 돌아보니, 작은 여우가 눈을 똥그랗게 뜨고 서 있었다. 그리고 재차 얼빠진 목소리를 높였다.

"예언가님이 말한 대로다!"

그러자 작은 여우의 머리 위에서 작은 쥐가 쪼르르 나왔다.

"당연하지! 예언가님이 틀릴 리가 없잖아!"

어안이 벙벙한 우리는 그대로 서서 그 두 마리를 보고 있는데, 작은 여우의 머리 위에 타고 있던 쥐가 재빠르게 말했다.

"예언가님이 너희를 데려오라 하셨어. '오늘 이 시간, 여기에 오면 싸우고 있는 홀쭉하고 빈약한 개 두 마리가 있으니, 전부 데리고 오라.'는 말씀이었지."

나는 '홀쭉하고 빈약하다'고 굳이 말하는 밤톨만한 쥐가 얄미웠다.

쥐는 우리를 보고 촉새처럼 쪼잘댔다.

"나는 윌 프레드, 그냥 윌이라고 불러 줘. 이 녀석은 여우고 살바토르다."

살바토르라 불리는 작은 여우는 음 이탈이 심하지만 태평한 목소리로 느긋이 웃었다.

"야, 나도 그냥 살이라고 불러 줘."

윌 프레드와 살바토르의 등장으로 기세가 완전히 꺾여 버린 우리는 얼굴을 마주 보고, 후 하고 동시에 한숨을 쉬었다. 나는 가조에게 말했다.

"미안해, 내가 말이 좀 지나쳤어. 그치만 조금 전에 한 말은 진심이야."

가조는 고개를 숙이면서 대답했다.

"아냐, 괜찮아. 네가 말하고 싶은 게 뭔지 잘 알겠어. 아니,

나도 이미 알고 있었을 거야."

"가조, 일단 가사. 이건 가라는 뜻이야. 게다가 예언가라니 신경 쓰이잖아?"

월 프레드가 즉각 정정했다.

"예언가님이라고 불러!"

"알겠어. 나도 갈게. 나도 예언가란 자를 만나보고 싶어."

"아 글쎄, 예언가님이라니까!"

나와 가조는 살바토르와 그의 머리 위에 타고 있는 월 프레드의 뒤를 따라 걷기 시작했다.

그들의 뒤를 따라 몇 시간이나 걸었을까. 살바토르가 획 돌아보자, 월 프레드가 재깍 말했다.

"오늘은 여기서 잘 거야. 피곤할 테지?"

살바토르가 나를 향해 생긋 웃으며 말을 거들었다.

"너 뒤에 소처럼 생긴 돌 있지? 거길 파 봐."

그가 말한 대로 뒤돌아보니, 거기에는 흰색과 검은색이 뒤섞인 커다란 돌이 있었다. 그 돌 밑을 파 보니 감자가 우르르 나왔다.

"오늘은 이걸 먹고 자자고. 내일은 예언가님이 계신 곳에 도착할 테니."

살바토르는 태평스레 가조에게 말을 건넸다.

"이 감자, 맛있지? 봐 봐. 이 부분이 굉장히 달다고. 봐 봐, 봐 봐, 봐 봐."

"아아, 그래, 그러네."

"봐 봐, 여기. 먹어도 돼. 부드러운 곳이 맛있으니까, 달지? 그것 봐. 그것 봐."

가조는 살짝 곤란한 듯한 표정을 지으며 살바토르가 권한 부분을 먹고 있었다.

"그것 봐, 맛있지? 봐 봐. 맛있다고 해 봐."

"그래, 맛있네⋯."

"그치, 그치?"

심각한 가조와 태평한 살바토르의 대화가 재미있고 웃겨서 나는 나도 모르게 웃어 버렸다.

감자를 먹고 다들 그곳에서 잠이 들었다.

다음 날, 아침 해가 뜨자 우리는 치카루를 향해 걷기 시작했다. 윌 프레드가 말했다.

"오늘 점심쯤엔 도착할 거야."

"예언가님은 굉장하셔. 뭐든지 알고 있으니!"

살바토르의 감탄하는 표정에 가조는 호기심이 좀 일었다.

"호오, 뭐든지? 가령 어떤 거?"

"글쎄, 예를 들면 내가 오늘 뭘 먹었는지, 윌이랑 싸우고 어딜 물렸는지…, 맞다! 리카르도 형이 장난치느라 도토리를 숨겨 둔 곳까지 알려 줬다고!"

"넌 예언가님에게 뭐든 너무 지나치게 물어봐!"

윌 프레드가 살바토르의 머리 위에서 말참견을 했다.

열심히 떠드는 살바토르의 태평스러운 분위기 덕분에 우리는 굉장히 평온한 기분으로 계속 걸을 수 있었다.

태양이 맨 꼭대기에서 빛나는 한낮, 우리는 치카루 마을에 이르렀다.

살바토르가 기쁜 듯이 윌 프레드에게 말했다.

"도착했어! 입구가 여러 개 있는데, 오늘은 내가 제일 마음에 드는 곳부터 가자."

"엥, 저기야? 뭐, 좋아. 그럼 가자."

윌 프레드는 그렇게 말하고, 나와 가조를 향해 살짝 잘난 척하듯 혀를 꼬았다.

"따라오셔."

살바토르는 기쁜 듯이 껑충껑충 뛰어오르면서 치카루 마을 안으로 들어간다.

"날뛰지 마! 나 떨어진다고!"

윌 프레드가 살바토르의 머리털을 붙잡으며 외쳤다.

마을에는 사람들이 많았다. 살바토르는 사람들에게 들키지 않도록 혼잡한 곳에서 약간 떨어진 잡나무숲 안으로 걸어갔다. 그리고 우리를 돌아보며 코를 킁킁거렸다.

"여긴 말이지~. 맛있는 냄새가 나지~."

"확실히 좋은 냄새군…. 인간의 식당이 가까이 있는 것 같네."

순간 나는 주인님의 저택을 떠올렸다.

"하지만 말이야~, 냄새만 맡아야 해. 가까이 가면 위험하니까~."

살바토르는 굉장히 기쁜 듯 코를 킁킁거리며 노래하기 시작했다.

냄새만이라도 잘 먹을게~.

아아, 맛있어. 아아, 맛있어.

나는 행복해~.

살바토르는 노래하며 한참 걷다가 돌연 멈춰 섰다.

"갑자기 멈추지 마. 위험하잖아!"

윌 프레드가 살바토르의 머리털에 매달렸다. 살바토르가 눈을 회동그래 뜨며 소리쳤다.

"예언가님이시다!"

살바토르의 시선 끝을 보니, 땅에 작은 그림자가 드리워져 있었다.

"예언가라는 게 쥐였나…."

가조는 냉성한 녹소리로 말했다.

"이봐, 실례라고! 예언가님에게 그런 말을 하다니!"

월 프레드가 호통쳤다.

예언가라 불린 작은 그림자가 종종걸음으로 다가왔다. 그림자의 주인은 역시 쥐였다. 하지만 그 쥐는 지금까지 봐 왔던 어떤 쥐와도 확연히 달랐다. 나이 탓인지 온몸이 은백색으로 빛나고 기다란 수염은 덥수룩했다. 길게 늘어진 은백색 머리털 사이로 예리한 눈빛이 반짝거렸다.

월 프레드는 살바토르의 머리에서 획 뛰어내리더니 나와 가조를 돌아보았다.

"이분이 예언가님이신 쿠요 알렉산더 드 펜테스님이시다!"

13

살바토르가 깜짝 놀라며 감탄하는 표정으로 물었다.

"예언가님, 여길 어떻게 아셨나요?"

예언가라고 불린 쥐는 살포시 웃으며 대답했다.

"모든 게 훤히 보이지."

그리고 나와 가조에게 고개를 돌렸다.

"나는 쿠요. 이 마을에서는 예언가라고 불리고 있지. 그래, 유감스럽게도 나는 쥐일세."

쿠요는 씩 웃고서 가조를 보았다.

"자넨 날 보고 '흥, 쥐였나… 실망이네'라고 생각했겠지."

"아무래도…, 당신이 말한 대로다."

가조는 조금 놀라며 대답했다.

"알겠나? 매사는 겉면을 보는 것만으론 아무것도 모르네.

중요한 것은 그 '본질'을 꿰뚫어 보는 거라네."

쿠요는 눈빛을 반짝였다.

'본질….' 그러고 보니 다르샤도 그런 말을 썼었지….

"눈에 보이는 것으로만 사물을 파악하고 판단하기 때문에 언제까지나 헤매는 거지. 자네는."

쿠요는 장난스레 가조에게 말했지만, 가조는 그저 잠자코 있었다.

"뭐, 따라오게. 일단 모임터로 가지 않겠나?"

쿠요를 선두로 우리는 잡나무숲으로 들어가 한동안 걸어서 작은 동굴에 이르렀다. 쿠요는 동굴 속으로 종종거리며 들어갔다. 동굴 속에는 조금 넓은 공간이 있고 천장에서는 희미하게 햇빛이 들어오고 있었다.

쿠요는 정확히 빛이 드는 곳에 멈춰 서더니 우리를 돌아보며 천천히 앉았다. 우리도 그를 둘러싸고 둥글게 앉았다. 그는 말을 걸었다.

"여러분, 잘 부탁해요!"

수많은 쥐들이 여기저기서 나타나 우리 앞에 사람들이 만든 음식을 계속 날라 왔다. 물론 그건 턱찌끼에 불과했으나, 우리에게는 진수성찬이었다.

"예언가님, 이런 진수성찬을 먹어도 되겠습니까?"

윌 프레드가 물었다.

"오늘은 특별하잖나. 오랜만에 손님을 맞이했으니."

"와~"

살바토르가 기뻐서 날뛰었다. 쿠요는 나와 가조를 향해 말했다.

"일단 드시게. 이야기는 나중에 하고. 배가 고프면 싸울 수 없으니. 헤헤."

우리에게도 재촉하는 바람에 가조와 나도 사람들이 만든 진수성찬을 볼이 미어지도록 먹기 시작했다.

얼추 음식을 다 먹고 나서 쿠요는 윌 프레드와 살바토르에게 말했다.

"자, 고생했다. 이걸로 임무는 끝이군. 배도 부르겠지? 오늘은 놀아 둬라."

"와, 감사합니다. 예언가님! 윌, 가자. 뭐 하고 놀까?"

"그러게. 리카르도 등에 풀 열매를 붙이면서 놀면 어때?"

"오호, 그거 재밌겠네!"

살바토르는 윌 프레드를 머리에 태우고 껑충껑충 뛰면서 동굴을 빠져나갔다. 그들을 사랑스럽게 바라보던 쿠요는 우리를 돌아보았다.

"어떤가. 저 둘과 함께 재밌었지?"

그리고 이번에는 가조를 바라보며 말했다.

"지금 자네에겐 저런 천진함이 필요하네. 그래서 저 둘을 보낸 거야. 전부 자넬 위해서지."

"나를…, 위해…?"

쿠요는 미소를 지으며 계속 말했다.

"나는 예언가라 불리지만, 사실은 길라잡이라네. 하이랜드로 가는."

"하이랜드!"

나와 가조는 서로 마주 보았다.

14

"어떻게 자네들을 알고 있을까, 좀 의아하지?"

쿠요는 그렇게 말하면서 동그란 눈을 장난스레 자꾸 깜박였다.

"네…."

"후후후…, 나도 잘은 모르지만 나에겐 보인다네."

"보인다고…?"

"그렇다네. 먼 곳의 일이 보이지. 눈을 감고 집중하면 머릿속에 그 광경이 떠오르지."

"정말인가…?"

가조가 의심스러운 듯 되물었다.

"그러면 내가 어이 자네들을 알겠나?"

"우리를 손님이라 하던데 그건 왜지…?"

가조가 쿠요에게 물었다.

"아까도 말했잖나. 난 하이랜드로 가는 길라잡이라고. 하이랜드로 향하는 자들은 내게 모두 손님이지."

"확실히 존은 그렇지만 난 아니야. 나는 하이랜드에 안 갈 테니까."

가조는 차갑게 단언했다. 쿠요는 그를 똑바로 바라보고 단호히 말했다.

"아니, 자넨 갈 거야."

"안 간다고. 알겠나? 못 간다고. 난 하이랜드에 갈 자격 따윈 없어."

"호오, 자격이라…. 대관절 하이랜드에 가는 자격이란 무엇인가?"

"음…, 그건…."

가조는 말문이 막혔지만 잠시 생각한 후 입을 떼었다.

"어떤 자격인지는 모르겠다. 그러나 내가 갈 수 없는 자격이라면 있어."

"호오, 어떤 자격이지?"

"난 살아 있을 자격조차 없는 쓸모없는 자다. 나는 공포로 떨며 겁에 질려서 부하를 두고 도망쳤다. 부하가 죽임당하고 잡아먹히는 동안 나는 도망쳤다. 나는 모든 걸 버리고 그저 도망쳤다. 나는 겁쟁이에 비겁자이고, 한심한 나약자에 살아

남아 치욕을 당하는 죄인이다. 그런 자가 하이랜드에 갈 수 있을 턱이 없지."

"호오, 겁쟁이요 비겁자요 한심한 나약자요 살아남아 치욕을 당하는 쓸모없는 죄인은 왜 하이랜드에 갈 수 없단 말인가?"

"음…, 그…, 그건…."

"하이랜드에 가는 자격 그런 건 없다네. 자기 영혼의 소리를 듣고 그에 따라 사는 자. 그것이 하이랜드에 가는 자격이라고 한다면 자격이겠지."

"영혼의 소리…."

가조는 그래도 지지 않았다.

"지금의 난 영혼의 소리가 들리지 않는다. 전혀 들리지 않아. 두 번 다시 들리지 않을 거야. 그러니까 역시 내가 갈 수 있을 리가 없어. 아니, 절대로 못 갈 거야. 아니지, 나 따위가 가면 안 돼."

가조는 고개를 들고, 쿠요를 노려보면서 큰소리로 외쳤다.

"그래, 애당초, 아니 이제, 난 하이랜드 따위에 가고 싶지 않다고!!"

"호오, 가고 싶지 않다…. 가조여, 정말 그런가?"

"그래! 난 가고 싶지 않아! 난 빨리 끝내고 싶어! 이제 살아가는 건 지긋지긋해! 이 괴로움을 끝내고 싶어! 나 따위 살아 있으면 안 된다고! 나…, 난 죽고 싶다고!"

마지막 말은 절규였다.

나는 가조의 마음속에 있는 상처에서 시뻘건 피가 화산 분화처럼 뿜어져 나오는 게 보였다. 하지만 그건 사실 도움을 요청하며 외치는 것처럼 느껴지기도 했다.

"괴로움…. **괴로움이란 지금 눈앞에 일어나고 있는 체험을 받아들이지 않는 거라네. 눈앞에 전개되는 현실에 저항하고 있는 거라고.** 가조여, 그대는 무엇을 거부하고 있는가? 무엇에 저항하고 있는가?"

"시끄러! 이제 나 같은 건 좀 내버려 둬! 그리고 빨리 죽게 해 줘!"

"그런가, 죽고 싶단 말인가…."

쿠요는 천천히 끄덕였다.

"그래, 알겠네. 그러면 저번의 그것을!"

쿠요가 동굴 구석에다 지시를 내렸다. 쥐들이 빨강, 검정, 노랑 색깔의 버섯을 조심조심 들고 와서 가조 앞에 놓았다.

"알다시피 이건 독버섯이다. 한 입 먹으면 황천길이지. 조금 괴롭긴 하겠지만."

쿠요는 가조의 눈을 들여다보았다.

"자, 가조여. 사양치 말고 먹게나. 그대가 바라는 대로 지금 여기서 끝장내자고!"

가조는 죽음과 대면하듯이 독버섯을 매섭게 응시했다.

"자, 단숨에 확 먹는 거네. 안심하게나. 그대의 최후는 내가 똑똑히 지켜볼 테니."

"쿠요! 그건⋯."

난 엉겁결에 그를 말렸다.

"자넨 잠자코 있게!"

가조는 독버섯을 바라보고 입을 크게 벌렸다.

"으-으-으⋯."

"자, 먹어라! 이걸로 끝낼 수 있잖나!"

"흐⋯ 흑."

가조는 입을 벌린 채 그만 멈췄다. 어금니에서 침이 또옥 떨어지고 있었다.

"이봐, 후딱 안 먹는가! 단숨에 확! 이로써 그대는 도망칠 수 있을 텐데."

"도망친다고?"

나는 나도 모르게 돌아보았다.

"그렇다네. 지금 이놈은 '도망' 외에는 아무것도 할 수 없네. 인간에게서 도망치고, 큰 곰에게서 도망치고, 동료들에게서 도망치고, 그리고 마지막에는 자신에게서도 도망치려 하고 있지. 도망치고 도망치고 계속 도망치는 게 지금 이놈의 꼬락서니야. 그러니까 괴로운 거라네! 그런 것도 모르는 바보 같은 놈은 차라리 죽는 편이 낫겠지! 자! 최후의 한 수네. 이걸로 끝일세. 빨리 먹게나!"

가조는 무시무시한 표정으로 독버섯 가까이 입을 들이댔다.

"…."

"왜 그러나, 가조여. 왜 안 먹는가? 그대의 소망이 지금 당장 이루어질 텐데."

가조는 쿠요의 목소리가 들리는지 안 들리는지 마치 돌조각상처럼 꼼짝도 하지 않았다.

"왜 바로 먹지 않는가? 죽고 싶다고 했잖은가?"

가조는 묵묵히 독버섯만 뚫어져라 쏘아볼 따름이었다.

"애초에 죽고 싶다느니 끝내고 싶다느니 말한 주제에 어찌여태껏 살아 있는가? 죽으려고 생각하면 당장이라도 큰 곰이 있는 곳으로 돌아가면 좋을 텐데!"

"…."

가조의 눈이 충혈되어 시뻘게졌다.

"왜 죽지 않는가!!"

"흐흑…."

"왜 뻔뻔히도 살아 있는가!!"

"흐… 흐으흑."

"왜 지금 여기 있는가 말일세!!"

"흐흑흐으흑…."

"이제 그만 진정한 자신의 목소리를 깨닫게나!"

"흐으으흑…."

"진실을 말해!!"

"으… 으아악…."

"말하게! 진실을 말하라고! 진실을 말해!"

"으아아…."

"말해! 진심을 말해! 진심을 말해! 진정한 너는 지금 뭐라 말하고 있는지를!!"

"흐으으흑… 으아아!!"

"이 바보 같은 놈이!!"

"으아아아아아아아아악…."

가조의 눈에서 피눈물이 뚝뚝 떨어졌다.

"아악!!"

그 순간 쿠요는 가라테 춉으로 가조의 정수리를 내리쳤다.

그 충격파가 동굴에 울려 퍼진 순간, 가조는 눈 흰자위를 보이며 푹 쓰러졌다.

"가조!!"

"괜찮네, 잠시 쉬게 해 주게."

쿠요는 피눈물을 흘리며 쓰러져 있는 가조를 다정히 바라보았다.

"여기는…."

해가 서쪽으로 기울 무렵 가조가 눈을 떴다.

"여긴 쿠요의 동굴이야."

"아…, 아아…."

"괜찮아?"

"아아, 그럭저럭…."

가조는 뭔가에 씌웠던 게 떨어져 나갔는지 말끔한 얼굴로 말했다.

그때 마침 가조가 눈뜬 걸 알아차리고 쿠요가 종종걸음으로 나타났다.

"눈을 떴나."

"…."

가조가 어색한 듯 시선을 딴 데로 돌렸다.

"조금은 숨통이 트인 것 같군."

"난 도대체…."

"조금은 편안해졌나?"

"…."

"알겠나, 가조여. 괴로움이란 눈앞에 전개되는 세계에 대한 저항이 만들어 낸 것을. 그대는 무엇에 저항하고 있었던가?"

"저항인가…요, 모르겠…습니다."

"그러면 말을 바꿔 보지. 무엇을 인정하고 싶지 않았던가?

죽어서 사라져 버리고 싶을 만큼 인정하고 싶지 않았던 것은 무엇인가?"

"쓰…, 쓸모없는 저 자신입니다."

"그렇구면. 그게 괴로움을 만들어 냈군. 왜 그렇게 거기에 매달리는가? 왜 그렇게 모두의 도움이 되어야만 했던가?"

"제가 태어났을 때 어머니는 저를 낳고 돌아가셨습니다. 리더였던 아버지도 형들도 전부 저를 미워했지요. '네가 어머니를 죽였다. 넌 어머니를 죽인 자다.'라고 하면서요. '너 따윈 태어나지 않았으면 좋았을 텐데.'라고. 그래요, 저는 어머니를 죽인 자입니다."

"맙소사…."

"게다가 저는 형제들 중에서 가장 몸이 작고 병약했어요. 리더였던 아버지께도 형들에게도 저는 쓸모없는 자로서 조잡한 취급을 받으며 자랐습니다. '어머니를 죽인 자, 어차피 오래 못 살 거야.'라고. '약자는 사라질 뿐, 쓸데없이 식량을 소비할 뿐인 쓸모없는 존재, 빨리 죽어.'라고."

"그렇다 해도 어째서 도움이 되는 완벽한 리더가 되려고 했던 건가?"

"네, 저는 모두에게 인정받고 싶었어요…. 다들 저를 받아들여 주면 좋겠더라고요…. 저를…, 저라는 존재를 받아들이고, 인정하고, 그리고… 사랑해 주길 바랐어요…."

가조가 고개를 숙이자 땅에 뚝뚝 눈물 자국이 새겨졌다. 그는 고개를 들었다.

"그래서 저는… 모두가 필요로 하는 존재가 되어야만 했어요. 모두에게 도움이 되는 존재가 되어야 했지요. 그렇지 않으면 제가 이 세상에 존재할 자리도 가치도 없었답니다. 모두에게 도움이 되지 않으면서 이 세상에 살아 있으면 안 되었던 거지요. '나의 존재가 용서받고 살아 있는 것도 용서받는 유일한 나!' 모두에게 도움이 되고 모두를 위해 살아가는 완벽한 리더인 가조였던 겁니다."

"완벽한 리더란 말이지."

"저는 아버지와 형들에게 인정받고 사랑받기 위해, 동료들에게 존경을 받아 내기 위해, 그리고 이토록 가혹한 세상을 살아가기 위해, 강하고 완벽한 리더가 돼야만 했어요."

'가조, 그런 과거가 있었구나….'

"완벽한 리더란 어떤 거지?"

"앞을 내다보고 정확하게 지시하고 강하게 늘 전심전력으로 노력하고 동료들을 위해 자신을 희생하는 그런 완벽한 존재…."

"그건 무리일세."

'그래, 그건 무리지, 가조. 나든 누구든 그런 건 무리일 게 뻔해.'

"저는 자신을 철저하게 단련하고 늘 능력을 연마해서 드디어 리더라는 역할을 손에 넣을 수 있었어요. 그렇기에 저는 모두를 위해 움직여야만 했습니다. 저는 강하고 완벽한 리더가 조여야만 했어요."

"힘들었겠네, 가조."

"네, 저에겐 무리였습니다. 진짜 저는 겁쟁이에 한심한 나약자, 비겁자예요. 더군다나 치욕을 모르고 쓸모도 없답니다. 완벽한 리더 가조는 완전히 환상이었어요."

"가조여, 진정한 강함이 뭔지 알고 있나?"

"진정한 강함이요…? 모르겠습니다."

"**진정한 강함이란 자신이 약한 존재임을 알고 있는 거네. 우리는 빛과 그림자가 합쳐진 존재일세. 빛만 보고 있으면 자네처럼 되지. 빛이 강해지면 질수록 그림자도 강해지지. 거기를 보지 않으려고 피해 버리면 자네처럼 갑자기 그림자에 사로잡혀서 어둠 속으로 끌려 들어가게 된다네. 빛과 그림자, 그 두 개가 합쳐진 존재가 자신임을 아는 것, 그것이 바로 진정한 강함을 수반하고 올 걸세. 우리는 다들 약하지. 강한 놈따윈 한 명도 없어. 그 큰 곰도 그렇고.**"

"그 큰 곰도…?"

"애초에 그 큰 곰 앞에서 냉정하게 있을 수 있다는 것은 무리라네. 가조여, 그림자도 보게나. 그림자도 자기 자신이니,

그림자를 인정하고 받아들여야지."

"약한 자신… 그림자인 나…."

"자네는 완벽한 리더인 가조가 아닐세. 자네는 가조. 아무
것도 아닌, 누구도 아닌, 역할도 아무것도 아닌 단지 가조일
뿐이야. 그래, 아버지와 어머니 그리고 형들의 추억도 내려놓
고, 가조라는 이름도 내려놓고, 과거의 기억이나 추억도 전부
내려놓게나. 그대로, 있는 그대로의 존재로 돌아가야지. 모든
것을 손에서 놓고 자유로워지는 거야. 그렇게 되고 싶어서 하
이랜드에 가려고 했던 거잖아?"

"…네, 다르샤의 말이 마음에 와닿았습니다."

"모든 것을 내려놓고, 있는 그대로의 너 자신을 받아들이
는 거야."

"받아들인다…, 있는 그대로의 나…, 그러면 나는…, 나는
비겁해도 되고 겁쟁이여도 괜찮은 겁니까?"

"그래, 우리는 다들 약하지. 비겁해도 겁쟁이라도 괜찮아."

"겁쟁이라도 괜찮다…, 그러면 저는…, 약해도 괜찮은 건
가요?"

"그럼, 약해도 괜찮아."

"…, 그러면 저는…, 한심해도 괜찮은 건가요?"

"괜찮아, 한심해도 괜찮아."

"…, 그러면 저는 겁보라도 치욕을 모르는 자라도 괜찮은

건가요?"

"그래, 겁보라도 치욕을 모르는 자라도 괜찮아."

가조는 계속해서 토해 내듯이 말했다.

"저…, 저는 쓰…, 쓸모없는 자라도 괜찮은 건가요? 누구에게 도움이, 아무 도움도 되지 않아도 괜찮은 건가요?"

쿠요는 결연히 말했다.

"괜찮아, 쓸모없는 자라도 괜찮아. 누구에게 도움이, 아무 도움도 되지 않아도 괜찮아."

"우… 우우우…."

"가조여, 자네가 살아 있는 것만으로, 그래, 살아 있는 것만으로 괜찮아. 잘했네, 잘했어. 오늘까지 살아 있어서."

"우… 우… 으아."

가조는 죄를 용서받은 죄인처럼 푹 엎드려 울었다.

'그렇구나…. 그를 가두고 있던 완벽한 리더라는 감옥. 그는 지금 거기에서 해방되었으리라….'

가조가 진정됐을 때 쿠요가 입을 열었다.

"우리는 세 가지의 존재로 만들어져 있지. 하나는 신체, 또 하나는 에고, 그리고 마지막 하나는 영혼. 이 세 가지가 균형이 잡혀 있어야 우리인 걸세."

그러고 보니 코우자도 똑같은 말을 했었지….

"가조여, 자네는 에고의 소리만이 커져 있었네."

"에고의 소리라고요?"

"그렇네. 에고의 소리에 머리를 빼앗기고 있었지. 그래…, 자네 에고는 뭐라고 말했었지?"

"약한 나, 한심한 나, 쓸모없는 나 따위는 살아갈 가치가 없다…, 죽는 편이 낫다, 라고…."

"그 말을 처음으로 들은 건 언제쯤인가?"

"…, 아마도 몸집이 작던 어린 시절이었을 겁니다. 그즈음엔 늘 그것만 생각했어요."

"그 소리가 계속 자네를 결박했던 거네."

"저를 결박하는 소리…."

"그 소리에 자네는 계속 결박되어 살아온 거고. 그게 자네 이야기를 만들어 온 거지."

"제 이야기를…."

"그래, 그렇게 쭉 완벽한 리더 가조를 필사적으로 계속 연기해 오다가 지금 그게 붕괴된 셈이네."

"붕괴…."

"알겠나. 그 말은 진정한 그대가 아니야. 진정한 그대는 좀 더 다른 곳에 있지."

"진정한 저라고요?"

"자넨 왜 살아 있었나?"

"모르겠습니다⋯."

"그러면 들어보게. 그 외에 두 가지, 신체는 뭐라고 말하던가? 지금이라면 그 소리가 들리겠지?"

"신체는⋯ 죽고 싶지 않다, 라고 말하고 있어요."

"영혼은 뭐라고 말하지?"

"영혼은⋯."

가조는 거기에서 잠시 입을 다물었다.

"하⋯, 하이랜드로 가고 싶어⋯, 라고⋯."

그는 말을 더듬거리며 감격의 눈물을 흘렸다.

"그것이 자네 진심이지."

"우⋯ 우우우"

가조는 또 울었다.

고개를 떨군 그에게 쿠요가 다정하게 말을 계속했다.

"자넨 올바른 선택을 했네."

"올바른 선택⋯, 이라고요? 그게 뭐죠⋯?"

"그건 살아간다는 선택이지."

"살아간다⋯, 우우우⋯, 저는 살아가도 괜찮을까요?"

"내게 묻지 말게. 대답은 이미 나와 있으니."

"그러나 저는 부하를 죽게 내버려 두고 도망친 사실이 있어요. 이건 죄입니다. 사라지지 않아요."

"그래, 그렇기에 자네에겐 책임이 있는 걸세."

"책임이라고요?"

"그래, 자네 부하들의 몫까지 진정한 자신을 완수한다는 책임이지…."

"하지만 그건 지나치게 자기중심적인 생각이 아닐까요? 제가 지은 죄는 진실입니다."

"진실이란 것 따위는 아무 데도 없네. 알겠나? 이 세상에 진실 따윈 없어. 네가 너의 세상을 만들고 있고, 네가 너의 머릿속에서 멋대로 진실을 만들고 있지. 이것이 진리야."

"…?"

"너 자신이 네 세상의 창조주야. 모든 건 너 자신이라고. 너는 자기 자신을 눈앞의 세상에 투영할 뿐이지. 자신을 죄인이라고 생각한다면 눈앞에 다가오는 모든 것이 그것을 증명하는 듯한 일들로 보이고, 그것을 증명하는 듯한 일이 계속해서 일어나는 것처럼 해석하지. 이 세상은 싸움이라고 생각한다면 늘 싸울 일이 생기고, 싸울 상대가 계속해서 나타나고…, 그렇단 말이네."

조박의 이야기다…, 라고 나는 생각했다.

"자신을 죄인이라 생각하면 이 세상은 감옥처럼 느껴질 걸세. 자넨 지금까지 아주 심하게 자신을 벌해 왔어. 죄책감이란 쇠사슬로 자신을 결박하고 감옥에 가두며 꼼짝 못 하게 해왔지. 스스로 자신을 계속 벌하는 짓은 이제 그만두게나. 그

164

것이 진정한 자네의 소리인가?"

"아닙니다. 네…, 그만두겠습니다."

"에고가 만들어 낸 건 환상이네. 그렇기에 진정한 자신의 소리를 들어야 해. 그 소리는 작아서 금방 에고의 소리에 지워져 버리지. 에고가 만들어 내는 건 환상의 세계야. 자네가 보고 있는 세계란 자신의 에고가 만들어 낸 환상이 확대된 것일 뿐 아무것도 아니란 걸 알아야 해."

"저는 어떻게 하면 좋을까요?"

"자네가 무엇을 할지 그런 건 관계없네. 중요한 건 자네가 왜 존재하는가이지."

"왜 존재하는가…?"

"그래, 행동doing이 아니라 존재being의 문제야. **에고의 시끄러운 소리가 가라앉으면 평온한 파도처럼 진정한 자기 자신being이 나타나지. 그리고 때때로 그 틈에서 메시지가 찾아오네. 이것이 존재의 소리, 즉 영혼의 소리야.** 이것이 들렸다면 이제 선택의 여지는 없어. 가조여, 그대에겐 이제 영혼의 소리가 들리고 있겠지?"

"네…."

"말해 보게나."

"저는 베렌산으로 돌아갈 겁니다. 머피 일행을 만나서 다시 한 번 함께 '붉은 마수'를 만나겠습니다."

쿠요는 나에게 말했다.

"후후후, 붉은 마수인가…! 존, 자네 얘길 해 주겠나."

나는 조박을 만난 이야기를 했다.

"그렇군. 자넨 붉은 마수를 만난 건가…."

"말을 꺼내지 못해서 미안해요."

"아냐, 괜찮아."

"조박이 말했어요. 위험과 공포는 다르다고. 공포는 자신이 만들어 낸 환상이라고. 결코 공포의 노예가 되면 안 된다고. 그리고 자신 안의 공포를 극복하는 건 용기라고. 가조, 나는 지금의 네가 그 용기를 가지고 있다고 생각해."

"고마워, 이번에야말로 내 안의 공포가 날 삼키지 않도록 내 용기를 믿어 볼게."

"'살아 있는 동안에 죽어라'는 말이 있네. 가조 그리고 존, 너희는 한 번 죽었다. 죽게 해 준 조박에게 감사해라. 이제 무서운 것 따위 없을 거야. 뭐, 아직 몇 번이나 더 죽을지도 모르지만…. 하하하."

"네."

"알겠나. 사물에는 우연은 없네. 모든 것이 필연이야. 일어날 만한 일은 일어나지. 다르샤와의 만남, 조박과의 만남, 너희들의 만남, 그리고 나와의 만남…. 이걸 영혼의 계획이라고 부른다네."

"영혼의… 계획…?"

"그렇지. 전부 영혼의 계획대로 모든 일은 일어나. 하지만 에고는 그것을 이해할 수 없어. 에고의 눈은 작은 구멍으로 세상을 보는 것과 같으니까. 그래서 시선이 좁고 혼란스러워지네. 눈앞에 일어난 일에만 파묻혀서 금방 구겨져 버리지. 그리고 엉뚱한 방향으로 달려가는 거야."

"나처럼…."

"그래, 그러니까 받아들일 수 없을 것 같은 일이 일어나면 조금 위에서 보는 거야. 에고의 소리가 작아지도록 위에서 보는 거지. 산의 정상에서 기슭을 굽어보듯이 에고의 소리의 구름 낀 바다를 내려다보는 거야. 멀리까지 보이게 되면 그것이 하나의 과정이고, 언젠가는 사라지고 말며, 그것마저 영혼의 계획임을 자연스레 마음으로 알게 된다네."

"알겠습니다. 감사합니다."

쿠요는 천천히 나를 바라보았다.

"존, 자네도 가조 덕분에 큰 걸 배웠군."

"네, 말씀하신 대로에요. 가조, 고마워. 네 덕분에 굉장히 중요한 걸 이해했어. 정말 고마워."

"아냐, 나야말로 너에게 감사하고 싶어. 존, 네가 있어 주지 않았다면 난 여기에 도달하긴커녕 그 폐가에서 객사했을 거야. 참말로 고마워."

쿠요는 천천히 부드럽게 말했다.

"자자, 서로의 덕분이지. 이것이 '영혼의 만남'일세. 이제부터 그대들은 '영혼의 동료'라네."

"영혼의 동료…."

우리는 서로의 눈을 마주 보았다.

"나도 '동료'에 끼워 주면 좋겠네."

쿠요는 샐샐 장난스럽게 웃었다.

"무…, 물론입니다!"

"동료에는 당연히 다르샤나 조박도 들어 있으려나…, 하하하!"

쿠요나 다르샤, 조박, 가조 모두가 '영혼의 동료'라니, 이 얼마나 멋진 일인가!

제5장 레구두 숲 — 목표로 하는 자들

15

치카루 마을을 떠나고 사흘 정도 지났다.

가조와는 치카루에서 헤어졌다. 그의 눈은 마치 다시 태어난 것처럼 자신감과 확신에 차서 빛났다. 그뿐만 아니라 동료와 함께 앞으로 기다리고 있을 모험을 뛰어넘겠다는 강한 결의와 애정과 용기도 흘러넘쳤다.

"하이랜드에서 만나자!"

"그래, 꼭!"

쿠요는 말했다.

"레구두 숲으로 가도록 하게. 그곳에 자네가 다음으로 배울 것이 기다리고 있을 테니. 다만 서둘러야 하네. 시간이 별로 없을 것 같거든."

레구두 숲…, 그곳은 치카루에서 북동쪽으로 스무날가량

걸린단다.

'별로 시간이 없다…, 무슨 말일까?'

나는 서둘러 레구두 숲으로 향했다.

이레쯤 걸었을까? 커다란 나무 아래서 잠깐 쉬고 있는데, 올빼미 한 마리가 날아와 나뭇가지에 앉았다. 올빼미는 나를 내려다보며 말했다.

"오호, 본 적이 없는 얼굴이군. 모양새를 보아하니 인간이 있던 곳에서 도망쳐 나온 건가?"

"아아, 맞아. 역시 자유가 최고야. 우리의 본질은 자유지."

가조와 헤어진 후 계속 외톨이였기에 올빼미를 보자 반가웠다.

"그런데 어디서 왔는가?"

"음, 글쎄. 여기에 오기 전에는 치카루에 있었고 그전에는 베렌산, 그전에는 북쪽 계곡 맞은편에 있는 숲에서 인간에게 길러졌어."

"이야~, 꽤 먼 곳에서 왔네. 그럼 이제부턴 어디로 가는 거야?"

"시방 레구두 숲으로 가던 길이야."

"레구두 숲이라…. 거기에 무슨 볼일이 있는지 모르겠지만, 지금은 안 가는 게 신상에 이로울걸."

"신상에 이롭다니…, 레구두 숲에 무슨 일 있어?"

"아, 지금 거기에 사람들이 잔뜩 와 있거든. 가면 지독한 일을 당하게 된다고."

"왜 숲에 사람들이 붐비는 거지?"

"소문으로는 그 숲에 뭔가 희한한 녀석이 있더래."

"희한한 녀석?"

"어, 나도 잘 모르겠지만 소문으로는 그 녀석이 부상이나 상처를 치유하는 불가사의한 힘을 가지고 있다더라고."

"그 희한한 녀석이랑 사람들이 북적이는 게 무슨 관계가 있는데?"

"요컨대 그 희한한 녀석에 관한 소문이 사람들에게 알려진 거지. 그래서 사람들이 개들이랑 같이 어이쿠, 실례. 너도 개였지. 아무튼 사람들이 자기가 기르는 개들을 데리고 와서 같이 그 희한한 놈을 잡으려고 해."

나는 예전에 쿠요가 '시간이 별로 없을 것 같다'고 한 말의 뜻을 얼추 짐작할 수 있었다.

"그래서 거긴 어떤 상황이야?"

"음, 그 녀석이 신출귀몰해서 영 잡히지 않는 것 같아. 꽤 시간이 흘렀는데도 말이야. 그래서 녀석을 잡으려는 사람들이 점점 늘어나고 있어. 숲은 이제 사람들로 가득해."

"그 희한한 녀석은 어떤 동물이지?"

"나도 모르겠어."

"그렇구나…, 모르는구나…."

내가 목소리를 낮춰 중얼거리자 올빼미는 문득 생각난 듯 말했다.

"아, 혹시 너도 그 녀석을 만나러 가나?"

"아마도 그런 것 같아."

"그만둬, 그만둬. 사람들이 화풀이로 숲에 있는 동물들을 닥치는 대로 죽이고 있다고. 그 숲은 지금 지옥이야. 나도 거기엔 절대로 가까이 가지 않을 거야. 안 좋은 말은 하지 않을게. 이 소동이 수습될 때까지는 숲에 가까이 가지 마. 죽고 싶지 않다면 말이야."

쿠요의 말이 머릿속에 울려 퍼졌다.

(사물에는 우연은 없네. 모든 것이 필연이야. 일어날 만한 일은 일어나지. 이걸 영혼의 계획이라고 부른다네.)

만약 그게 정말이라면 이 올빼미와 만난 것이나 지금 듣고 있는 것에도 의미가 있다는 말이 된다. 물론 레구두 숲에서 일어나고 있는 일도….

'계속 갈까, 돌아갈까….'

이번에는 조박의 말이 스쳐 지나갔다.

(공포와 위험은 달라. '공포' 따윈 존재치 않아. '위험'은 '지금, 여기'에서 대처하면 되는 거지. '위험'을 두려워해서 마음속에 만들어 낸 그림자, 바로 그것이 '공포'야.)

174

나는 말했다.

"올빼미 군, 귀중한 정보 고마워. 하지만 난 갈 거야. 이러고 있을 수 없어. 빨리 레구두 숲에 가야 해."

올빼미는 믿을 수 없다는 표정을 지었다.

"하아, 어떻게 돼도 나는 모른다?"

"괜찮아."

"네가 굳이 가겠다면 소문을 하나 더 알려 주지."

"소문?"

"어디까지나 소문이지만 그 불가사의한 힘을 지닌 동물을 지키는 놈들이 있는 것 같아."

"지키는 놈들?"

"그래, 소문으론 새하얀 늑대인 듯해. 그 녀석을 만나려면 하얀 늑대를 찾는 게 빠를 수도 있어."

역시 만남에는 의미가 있다. 나는 물었다.

"올빼미 군, 넌 이름이 뭐지?"

"나는 닷지."

"나는 존."

"그럼 또 봐, 존. 조심하고."

"고마워! 닷지!"

나는 닷지에게 인사하고 레구두 숲으로 걷기 시작했다.

'빨리 가야 해!'

닷지는 내 뒷모습을 한동안 바라본 후 치카루 방향으로 날아갔다.

16

닷지와 헤어지고 이레째. 레구두 숲에 가까워지면서 장엄한 분위기를 피부로 느끼기 시작했다. 길마다 동물들의 찌릿찌릿한 긴장감이 점점 강하게 느껴졌다.

"그 숲에 간다니 그만둬."

이렇게 충고해 준 들개도 있었다. 하지만 나는 사람들이 사냥하는 방식을 잘 안다. 사냥개들이 사냥감을 몰아넣는 방법, 사람이 짜는 복잡한 작전 등을 지금까지 경험으로 속속들이 꿰차고 있으니까.

'공포라는 건 내가 만들어 낸 환상.'

조박과의 만남에서 배운 것도 있고 해서 불안에 휩쓸리는 일도 없었다. 나는 만나는 동물들마다 '하얀 늑대'에 대해 물어봤다. 하지만 그들도 숲속에 있는, 룬이라고 불리는 호수

부근에서 늑대가 목격되었다는 것 외에는 아는 게 없었다.

'일단 숲속의 룬 호수에 가 보자. 그곳을 어떻게 찾지?'

초원을 걷고 있던 때였다.

그리운, 하지만 조금은 꺼림칙한 냄새가 바람에 실려 감돌았다.

'사람이닷!'

순간적으로 풀숲의 그늘에 몸을 숨기고 조심스럽게 주위를 둘러봤다. 그러자 저 멀리 오른쪽에 펼쳐진 초원의 나무들 사이로 말을 타고 지나다니는 사람들의 모습이 언뜻 보였다. 개들도 많이 있었다.

'잘 관찰해 보자…. 사람 수는 여섯 명이고 개는 서른 마리 정도 되려나. 꽤 많군! 큰 집단이다. 들키면 귀찮아지겠어.'

나는 저들이 내 냄새를 눈치채지 못하도록 신중하게 바람이 불어오는 반대 방향으로 돌아가 멀리서 상황을 주시했다. 사람들은 같은 간격으로 대열을 이루었고, 그 앞에서 개들은 네대여섯 마리씩 반듯하게 무리를 지어 걷고 있었다.

'꽤 훈련이 잘되어 있군….'

나는 집단이 눈치채지 못하도록 추적하기로 했다.

'뭐지? 뭔가 이상하네? 이 집단에는 뭔가 위화감이 있어…, 뭐지?'

더욱 경계심을 높이며 계속 눈여겨보았다. 얼마 후 그 위화감의 정체를 알아차렸다.

'사람들이 전혀 지시를 안 하고 있어! 그런데도 개들이 통솔되고 있다! 어찌 된 일이지? 이런 건 있을 수가 없는데…. 사람 대신 지휘하는 개가 따로 있다니!'

나는 서른 마리 정도 되는 개들의 움직임을 더 주의 깊게 살펴보았다. 그러자 금방 검은 개 한 마리의 움직임이 눈에 들어왔다. 그 개는 모든 개들의 맨 뒤쪽, 정확히 인간 집단과 개들 사이를 걷고 있었다. 그 개는 사람의 표정을 읽고 주위를 신중히 둘러보면서 다른 개들한테 적절하게 지시했다. 각 소그룹에 정보를 전달하는 개도 있는 것 같았다.

'어쩌면….'

옛날에 들었던 소문을 떠올렸다.

아득히 먼 북동쪽에 시저라는 이름의 개가 있다고 들었다. 별명은 '황제'! 그 개는 사람보다도 훨씬 현명해서 많은 사냥개들의 지휘를 맡는다고 했다. '황제'가 노리면 절대로 아무도 도망칠 수 없다고.

'저 개가 '황제' 시저인가…?'

나는 그들이 눈치채지 못하게 경계 레벨을 최대로 올리면서 뒤따라갔다.

미행하기 시작한 지 사흘째 되는 밤, 나는 조금이라도 정보를 얻기 위해 과감히 개들에게 가까이 가 보기로 했다.

나는 자고 있는 집단 속으로 신중히 들어갔다. 개들은 각각 몇 마리씩 무리로 나뉘어 서로 몸을 맞대고 자고 있었다. 나는 살금살금 개들 사이를 지나갔다.

거의 다 빠져나왔을 때 갑자기 뒤에서 날카로운 목소리가 울려 퍼졌다.

"기다리고 있었다!"

매섭게 생긴 큰 개가 몸을 일으켜 나를 보고 있었다.

"…."

그 개는 사냥개답게 예리한 눈을 빛내면서 말했다.

"네가 우리 뒤를 밟고 있는 건 알고 있었다. 조만간 우릴 찾아오리라 짐작했지."

여태껏 어떤 동물에게도 내 미행을 들킨 적이 없었는데….

"…."

"내 이름은 마리우스, 이 부대의 전속부관이다. 지금부터 우리의 사령관을 만나게 해 주지. 따라와라."

마리우스는 일어서서 자고 있는 개들 사이를 빠져나가 무리의 선두를 향해 걷기 시작했다.

'어떤 개일까? 그 개일까?'

집단에 적절한 지시를 내리던 그 검은 개의 당당한 모습을 떠올렸다.

마리우스가 걸음을 멈춤과 동시에 그 앞에 자신감과 위엄으로 가득 찬 검은 개가 나타났다. 날카로운 눈매를 보니 역시나 그 개였다.

"말씀하신 대로 이 자가 접근해 왔습니다."

마리우스는 보고를 끝내고 옆으로 쓱 물러났다. 내 눈앞에 서 있는 검은 개는 지금껏 만난 다른 개들과는 확연히 달랐다. 수많은 전투 경험에서 우러나온 자신감과 위엄, 그리고 침착성이 느껴졌다. 모든 것을 꿰뚫어 보는 듯한 얼음같이 차가운 눈이 나를 응시하고 있었다.

"왜 우리 부대의 뒤를 밟느냐?"

검은 개는 천천히 물었다. 낮지만 매우 윤기가 흐르는 목소리였다.

나는 순간 깨달았다. 이 개에겐 거짓말이나 속임수는 통하지 않는다…. 진실을 말하자.

"난 레구두 숲으로 가고 있다. 너희도 아마 그곳을 향해 가고 있는 것 같아서 따라 걷고 있었다."

"그런 것 치고는 꽤나 신중히 따라오던데. 상당히 훈련을 쌓은 것 같더군. 네놈은 누구냐?"

그리고 날카로운 눈을 가늘게 뜨고 화살로 꿰뚫듯이 나를 쏘아봤다.

"난 원래 사냥개였다. 그래서 방법을 알고 있을 뿐이다."

"호오, 네놈 이름이나 좀 들어 보자."

"나는 존."

검은 개는 순간 미간의 주름을 잔뜩 찌푸리고 한동안 가만히 있다가 말했다.

"네놈이 '매의 깃털' 옆에 있던 존인가…?"

"나를 알고 있나?"

"소문은 들었지. '갈도스'나 '화이트 킹'을 쓰러뜨린 투견의 명성은 여기까지 들렸거든. 갑자기 사람이 있는 곳에서 사라졌단 소문도 들리던데."

"그런 것까지 소문이 났구나…."

"나는 시저, 이 집단의 지휘관이다. 만나게 되어 영광이다."

시저가 꼿꼿한 눈살을 처음으로 누그러뜨렸다.

"네가 '황제' 시저인가…?"

"확실히 그렇게 불린 적도 있었지. 네가 알아주다니 더더욱 영광이다."

시저는 '네놈'을 '너'라고 바꿔 대답했다. 마리우스가 의심스러워하며 물었다.

"사령관님, 이 녀석 말을 믿어도 괜찮을까요?"

"너도 그의 미행을 보지 않았나. 그만큼 움직일 수 있는 자는 많지 않아. 적어도 내 부대엔 없지. 이마의 상처와 반만 남은 꼬랑지털…, 전부 내가 상상했던 대로다."

그리고 이번에는 나에게 말했다.

"존, 어떤 이유로 사람의 곁을 떠난 건지는 모르겠지만, 혹 괜찮다면 우리 부대에 합류하지 않겠나? 네가 우리 부대에 들어와 준다면 더 이상 마음이 든든할 수 없을 거야."

"시저, 미안하지만 그건 불가능해. 난 레구두 숲에 중요한 볼일이 있거든."

"어떤 일이지? 괜찮다면 말해 주지 않겠나?"

"나도 잘 모르겠어. 하지만 레구두 숲에 가면 필연적으로 알게 될 것 같아."

"필연적으로 알게 된다고? 무슨 의미인지 모르겠군…."

나는 큰마음을 먹고 털어놓았다.

"시저, 나는 내 영혼의 소리를 따라가고 있어. 지금은 모르겠지만 분명 '그때'가 되면 내가 존재하는 의미, 내가 배울 것, 내가 해야 할 일이 전부 명확해지리라 생각해."

"영혼의 소리?"

시저는 이상하다는 듯이 내 말을 반복하더니 마리우스를 쳐다봤다. 마리우스도 고개를 갸웃하며 시저를 바라봤다.

"영혼의 소리는 마음속 깊은 곳에서 들려오는 거야. 내 영혼의 소리는 이렇게 말하고 있어."

거기까지 말하고 나는 잠시 이야기를 멈췄다. 시저와 마리우스는 지그시 나를 보고 있었는데, 혹 그들이라면 말이 통할

지도 모르겠다는 생각이 들었다.

나는 천천히, 하지만 분명하게 다르샤가 내게 해 준 말을 그들에게 전했다.

"다르샤는 '우리의 본질은 자유다. 우리는 인간에게 길러지고 인간을 위해 애쓰려고 태어난 게 아니다'고 했어."

마리우스가 얼굴을 찡그리면서 입을 열었다.

"존, 나는 네 말뜻을 모르겠어. 우리는 인간에게 길러지고 있지만, 그 대가로 인간의 사냥을 돕고 있잖아. 그게 우리의 사명이자 살아가는 의미인 거야."

시저가 말하기 시작했다.

"존, 너는 잘못 생각하고 있어. 우리는 인간에게 길러지고 있는 게 아니야. 우리는 인간과 대등해…, 대등한 파트너라고. 우리는 통솔된 집단이고 조직이야. 조직 안에서야말로 최고의 삶의 방식으로 정녕 우리답게 살아갈 수 있는 거라고."

"그 말이 맞습니다."

마리우스가 수긍했다.

"우리는 다른 종족들과 달라. 우리는 인간을 선택했어. 그들도 우리를 선택한 거지. 우리는 인간들과 서로 신뢰 관계를 만들어 냈잖아. 게다가 우리는 조직으로서 기능적이고 효율적으로, 그리고 적확하게 움직일 수 있는 몇 안 되는 우수한 종족이라고."

"시저, 네 생각이 틀렸다고는 말하지 않을게. 하지만 난 어느 종족은 우수하고 어느 종족은 열등하다고 생각하진 않아. 그건 '우열'이 아니라 '다름'이 아닐까?"

"아니, 존, 그건 틀렸어. 우리는 다른 종족보다도 확실히 우수한 존재라고. 왜냐면 다른 동물들은 우리한테 '사냥당하는' 존재이고, 우리는 '사냥하는' 존재이거든. 이게 우열이 아니라면 뭐라는 거지?"

"아니 그렇지만…, 그렇다고 해서 그게 우수하다든가 열등하다든가 하는 증거가 되진 않을 거야."

"존, 너는 대체…. 그럼 물어보겠는데, 네가 사냥한 갈도스와 화이트 킹은 너보다 열등한 존재니까 너에게 당한 거 아니야? 열등하기 때문에 죽은 게 아니라고?"

"확실히 결과적으로 난 그들의 목숨을 빼앗았지. 그래, 그들은 죽었어. 하지만 그건 어쩌다가 운 좋게 그런 결과가 됐을 뿐이고 반대로 됐을 가능성도 있어. 그저 그게 내 역할이었을 뿐인 거지."

"존, 너는 말을 살짝 돌리고 있어. 역할이 아니라 우열의 문제라고. 그럼 묻겠는데, 인간에게 그 역할을 부여받은 것 자체가 우리가 우수하단 증거 아닐까? 말 따위는 인간이 타고 다닐 뿐이잖아."

"음, 그건…."

"목숨을 뺏고 빼앗기는 것, 거기에 모든 존재의 우열이 응축되어 있지. 이기는 자가 우수한 거야. 우수한 자만이 이기고 살아남지. 진다는 건 죽는다는 거고, 존재가 소멸하는 것 이외에 아무것도 아니야. 따라서 이기는 자가 우수한 자이고, 지는 자는 열등한 자이다."

"음⋯."

"우리 종족은 한 마리로는 힘이 약할지도 모르나, 집단의 힘을 모두 합치면 최강이 될 수 있어. 고로 우리는 가장 우수한 종족이야. 그래서 인간은 우리를 파트너로 선정한 거고."

마리우스가 말했다.

"곰이나 호랑이는 개체로는 강하지만, 우리 집단에게 걸리면 적수가 되지 않아. 나는 그 우수한 종족의 일원이고, 우수하기에 선택된 역할을 스스로 포기하는 것이 내 길이라고는 도저히 생각할 수 없어."

시저도 말했다.

"존, 우리는 그 우수한 종족 중에서 최강의 부대다. 즉 우리는 모든 종족의 정점인 셈이지."

"정점⋯."

"그래, 기억해 두렴. 우리는 단지 인간의 사냥을 돕는 게 아니라, 직접 사냥을 주도하고 있어. 오히려 인간은 우리의 부속물이나 비품에 지나지 않아."

"…, 난 네 말에 정확히 반론은 못 하겠어. 하지만 틀렸다고 느껴져. 내가 볼 때 지금 너희의 말 속에는 너희의 영혼의 소리가 들리지 않아."

"네가 그 영혼의 소린지 뭔지를 듣고 사람들한테서 떨어져 나온 것에 대해선 이러쿵저러쿵 말하지 않을게. 하지만 난 네가 착각하고 있는 것 같아. 그게 내 의견이야."

시저는 분명히 말했다. 마리우스도 옆에서 끄덕였다.

"시저, 네 의견은 잘 알겠어. 하지만 한번 생각해 봐. 언젠가 너희도 영혼의 소리가 들릴지도 모르니까. 그때는 차분히 그 소리에 귀를 기울여 보면 좋겠어."

"일단 접수해 두지."

시저와 마리우스는 표정을 바꾸지 않고 대답했다. 잠시 틈을 두고 시저가 나에게 말했다.

"너도 생각해 보면 좋겠어. 네가 그 영혼의 소린지 뭔지를 따라 취하는 행동이 만약 우리의 목적과 반대된다면 우린 널 용서치 않을 거야. 우리는 적이 될 수도 있다는 걸 각오해 둬. 그리고 우리 부대는 네가 지금껏 싸워 온 어떤 상대보다 강하고 우수하단 것도."

"알고 있어. 나도 그리되지 않길 바라고 있고."

"이 얘긴 이 정도로 해 두지. 존, 어때, 레구두 숲에 갈 때까진 동행하지 않을래? 가는 길에 우리 후배들을 위해서라도 네가 여태 해 온 싸움에 대해 얘기도 해 주고…. 우수 사례들이라 배울 게 많을 텐데."

"아, 좋고말고. 참고가 된다면야. 그런데 그 전에 알고 싶어. 너희는 레구두 숲에 도대체 뭘 사냥하러 가는 거지?"

"레구두 숲에 있다고 전해지는 불가사의한 힘을 지닌 동물을 사냥하러 가는 거야."

"불가사의한 힘?"

"모든 상처와 부상을 치유하는 힘이 있다더라고."

"어떤 동물인데?"

"확실한 정보는 아니지만 아무래도 하얀 말 같아."

"하얀 말…?"

순간 나는 '화이트 킹'을 떠올렸다. 하지만 화이트 킹은 큰 몸집과 빠른 걸음에 강한 힘도 지녔으나 불가사의한 힘은 없었다.

시저는 약간 낮은 소리로 말했다.

"근데…, 곤란하게도 그 하얀 말을 지키는 놈들이 있는 듯해."

"지키는 놈들…."

"그들은 아무래도 하얀 늑대 같은데, 한 마리가 아니란 정보가 있어."

"그 정보, 사실일까?"

마리우스가 물었다.

"모르지. 늑대가 말을 지킨다는 건 들어본 적이 없어. 늑대는 말을 습격하잖아. 아마 잘못된 정보일 수도…. 존, 너는 뭔가 알고 있는 거 없어?"

"아니…, 아무것도…."

"만약 뭔가 착각해서 정신 나간 늑대가 말을 지키고 있다 해도 어차피 우리의 적수가 되진 않을 거야. 마리우스, 소대장을 소집해. 모두에게 존을 소개하겠다."

"네, 알겠습니다."

마리우스는 암흑 속으로 사라져 갔다.

그날 밤부터 레구두 숲에 도착할 때까지 나는 시저 일행에게 과거의 싸움 이야기를 들려주었다. 시저와 그 동료들은 역시 우수한 개들이었다. 다들 신사적이고 머리도 좋아 나를 기분 좋게 무리에 받아들여 주었다.

'이들과 싸우고 싶지 않아…. 어떻게 피할 수 없을까….'

그 생각과 반대로 우리는 레구두 숲에 점점 가까이 가고 있었다.

17

닷새 후, 나와 시저 일행은 마침내 레구두 숲에 도착했다. 어둡고 빽빽한 청록색 나무들이 숲속 깊숙이 겹쳐져 있었다. 일련의 소동으로 달아나 버린 건지 동물들의 기척이 전혀 느껴지지 않았다.

시저가 말했다.

"여기서 헤어지자. 무운을 빌게."

"그래, 너도."

나는 시저와 인간들의 집단을 등 뒤로 하고 어두운 숲속으로 향했다.

내 뒷모습을 보던 마리우스가 시저에게 말했다.

"사령관님, 괜찮을까요? 저대로 가게 해도."

"아, 상관없다."

"하지만 존의 목적은 우리랑 같은 것 같은데…."

"알고 있다. 아마 그렇겠지. 허나 그가 있든 말든 우리에겐 아무 영향도 없다. 만일 존과 적이 된다면 그를 제거할 뿐이다."

나는 내 뒤에서 시저와 마리우스가 그런 이야기를 하고 있으리라고는 생각지도 못한 채 터벅터벅 숲속으로 걸어갔다. 그리고 한창 걷고 있을 때도 인간들의 자취가 많이 보였다. 모닥불의 흔적…, 개들의 똥, 말의 발자국….

사람들이 꽤 많이 와 있었다. 그들을 신중히 피하면서 숲속으로 나아갔다.

'룬 호수에 가려면 어떻게 해야 좋을까? 누군가를 만나면 길을 물어볼 수 있을 텐데….'

주위를 둘러봐도 동물들의 기척은 전혀 없었다.

'일단 작은 시내를 찾자. 그래, 시내는 호수로 이어질 수도 있으니까.'

나는 경험과 지식을 총동원하여 물이 있을 만한 곳을 찾기 시작했다.

레구두 숲에 들어간 지 사흘째, 드디어 한 줄기 실개울을 발견했다.

'가능성은 크게 두 가지다. 이 개울이 호수를 향해 흐르든지, 아니면 호수가 초원을 향해 흐르든지….'

이럴 때는 직감에 의지할 수밖에 없었다. 눈을 감고 이 시내의 상류와 하류 풍경을 연결시켜 보았다. 그러자 하류 쪽의 울퉁불퉁한 바위틈에서 맑은 물이 흘러나와 진청록색의 아름다운 호수로 흘러드는 모습이 보였다.

'좋았어, 하류 쪽으로 가 보자!'

하류를 향해 반나절쯤 걸었을까. 개울은 흐르면서 또 다른 시내와 잇따라 합류하여 저녁 무렵에는 강폭이 세 배 정도 넓어졌다. 나는 뒹구는 돌과 미끄러운 바위와 쓰러진 나무를 넘어서 계속 하류 쪽으로 나아갔다.

빽빽이 우거진 나무들을 빠져나가자 갑자기 눈앞이 확 트였다. 거기에는 아까 낮에 상상해 보았던 드넓은 호수가 끝없이 펼쳐져 있었다.

'우와, 호수다!'

새빨간 석양에 물든 주홍색 하늘이 나라는 존재를 감싸 안았다. 어스름한 청록색 호수는 황금색·오렌지색·적자색 등이 뒤섞여 이루 형언할 수 없는 빛으로 출렁이고 있었다.

'어쩜…, 어쩜 이렇게 아름다울까….'

석양과 룬 호수가 어우러져서 자아내는 이곳의 에너지가

내 온몸의 세포를 부르르 떨게 만들었다.

환상적인 풍경을 보니, 닷지가 말했던 '희한한 녀석'의 존재가 점점 더 강하게 느껴졌다.

'좋았어, 오늘 밤은 이 부근에서 자야지.'

장대한 저녁노을의 교향악이 끝날 즈음 나는 잠들기에 딱 좋은 곳을 찾았다. 무사히 룬 호수에 도착한 안도감 때문일까. 나는 눕자마자 푹 잠이 들었다.

"어이, 일어나."

한밤중에 나는 갑자기 눈을 떴다.

"…!"

당황해서 주위를 살펴보니 눈앞에 커다랗고 허연 늑대 두 마리가 서 있었다.

"너는 누구냐?"

오른쪽의 흰 늑대가 물었다. 낮은 목소리였지만 맑아서 잘 들렸다. 몸집이 내 두 배는 될 것 같았다. 다르샤보다도 컸다.

"나는 존, 치카루에서 왔다."

나는 그의 연푸른 눈을 보며 대답했다.

"그래, 무슨 일이지?"

이번에는 왼쪽에 서 있던 흰 늑대가 말했다. 그도 비스름한 크기였는데, 굉장한 전투를 치렀는지 얼굴을 다쳐서 왼눈이

멀어 있었다. 이마에는 나처럼 말발굽 자국이 선명하게 찍혀 있었고, 남아 있는 오른눈은 진홍색으로 반짝반짝 빛나고 있었다.

"난 하이랜드에 가고 싶다."

붉은 외눈의 흰 늑대에게 대답했다.

"호오, 하이랜드…. 그런 거짓말을 해도 우리한테는 안 통하지."

외눈박이 늑대가 한쪽밖에 없는 오른눈을 가늘게 뜨면서 말했다.

"아냐, 거짓말이 아니야. 난 정말로 하이랜드에 가고 싶어."

이번에는 푸른 눈의 흰 늑대가 말했다.

"그러면 하나 물어보자. 여긴 하이랜드가 아닌데 왜 여기에 있지?"

"치카루의 쿠요에게 이 숲에 대해 들었거든."

"오호…."

"속지 마!"

외눈박이가 다른 늑대에게 강한 어조로 말했다.

"거짓말이라면 무슨 말이든지 할 수 있지."

"거짓말이 아니야!"

"흠, 어떠려나…?"

외눈박이는 나를 갈퀴눈으로 노려보며 으르렁으르렁 날카

로운 어금니를 드러냈다.

"기다려, 게트릭스. 서두르지 마."

푸른 눈의 흰 늑대가 냉정하게 제지했다.

"쿠요라는 자는 어떤 모습이었지?"

"쿠요는 나이 든 쥐였는데…, 평범한 자는 아니었어. 멀리서 일어나는 일을 보더라고. 쿠요의 이름이 아마…, 쿠요 알렉산더 펜테스였던가…?"

푸른 눈의 흰 늑대가 즉시 물었다.

"넌 거기서 무엇을 배웠지?"

"여러 가질 배웠는데…, 맞다! 그중에 하나. 괴로움은 자신의 진정한 소리를 듣지 않기 때문에 생긴다는 것."

나는 괴로워하던 가조를 떠올렸다.

"그러니까 자신의 진정한 소리를 들어야만 한다고 했어. 자신의 진정한 소리를 들어라. 에고의 소리에 머릿속을 점령당하면 환상의 세계로 빠지게 된다. 그 세계의 노예가 되어 에고의 감옥에 파묻혀서 나오지도 못하게 된다. 그러니 진정한 소리, 즉 영혼의 소리를 들어야만 한다고…."

"이 개가 터무니없는 말을 하는 것 같진 않아."

"쳇, 정확하잖아. 그 녀석의 이름은 쿠요 알렉산더 에스코발 드 펜테스다."

게트릭스라는 외눈박이 늑대가 내뱉듯이 말했다.

"쿠요를 알고 있어?"

"아, 그는 우리의 동료다. 내 이름은 벨킨, 이 녀석은 게트릭스. 네가 그의 심부름꾼이라면 너를 동료로 인정하겠다. 그리고 우리가 있는 곳에 온 의미도 있을 테지."

벨킨은 그렇게 말하고 나의 눈을 지그시 들여다봤다. 외눈박이 게트릭스는 불만을 털어놓았다.

"이런 놈은 필요 없어. 우리만으로도 충분해. 쿠요 녀석은 왜 이런 땅개 따위를 우리에게 보낸 거야! 아무 도움도 안 되는데."

게트릭스가 나를 노려보며 말했다.

"게트릭스, 적당히 해라."

"하지만 그렇잖아, 벨킨. 우린 이 숲을 다 알고 있고, 여기 오는 놈들은 겁쟁이 인간이거나 겁 많은 작은 개들이지. 그들은 우리의 적이 아니야. 씹는 맛이 너무 없어서 적수도 되지 않아."

"게트릭스, 이 애는 개치고는 제법이라고. 너도 그 정도는 알 텐데. 이 애가 여기에 온 의미도 분명히 있을 거야. 그만하고 머리 좀 식혀라."

게트릭스를 타이르던 벨킨은 나를 향해 말했다.

"우리는 여신 샬레인님의 수호자이다. 우리가 있는 한 어떤 자도 샬레인님에게 손가락 하나 댈 수 없다."

"맞다."

게트릭스가 반복했다.

"지금부터 널 샬레인님이 계신 곳으로 안내하지. 따라와."

벨킨은 그렇게 말하고 어둠 속으로 사라져 갔다. 나는 얼른 그를 뒤따라갔다.

제6장 여신 샬레인 — 용서와 치유

18

어둑어둑한 숲속을 구불구불 걷다 보니 눈앞에 동굴이 나타났다.

벨킨은 아무 말도 하지 않은 채 동굴 속으로 수십 미터나 걸어 들어갔다. 마른 풀이 깔려 있는 공간이 나왔는데, 그 중심이 빛나고 있었다.

'뭐지…? 뭔가가 빛나고 있네?'

눈을 가늘게 뜨고 동굴의 중심을 보았다. 그 빛의 중심에서 하얀 말이 몸을 일으켜 이쪽을 보고 있었다. 신기하게도 그 백마의 몸 전체가 은백색으로 빛을 뿜어냈다.

'몸이…, 빛을 뿜고 있네…?'

나도 모르게 멈춰 섰다.

"네게도 보이는 것 같군."

벨킨이 말했다.

"보이다니?"

"샬레인님이 빛나는 게 보이지?"

"아아, 보여. 왜, 왜?"

"신기하게도 빛이 안 보이는 녀석도 있거든."

게트릭스가 무뚝뚝하게 말했다.

"정말? 저렇게 빛나고 있는데도?"

벨킨이 대답했다.

"아, 그래. 샬레인님 말로는, 보는 자의 진동 레벨에 따라 보이기도 하고 안 보이기도 한다는 것 같아."

"진동 레벨…? 진동이라니 무슨 진동?"

"영혼이야. 영혼의 진동 레벨. 영혼 그 자체가 더 강한 고주파로 진동해서 미세하고 빠르게 흔들리면 흔들릴수록 눈에 보이지 않는 많은 정보를 받아들일 수 있지. 그러면 더 많은 것들이 눈에 보이게 되는 거야. 쿠요의 천리안도 그런 시스템 같은 거고."

'영혼의 진동….'

나는 빛을 뿜고 있는 샬레인을 불가사의한 기분으로 바라봤다. 그러자 갑자기 마음속에 목소리가 울려 퍼졌다.

(당신이 존이군요.)

"엇?"

깜짝 놀라 주위를 둘러보다가 백마와 눈이 마주쳤다.

"샬레인님은 우리의 마음에 직접 말을 거신다."

(당신에 대해서는 잘 알고 있어요. 쿠요에게 연락이 오기 전부터 잘 알고 있었답니다.)

또 마음속에 목소리가 울려 퍼졌다. 그 소리는 굉장히 온화해서 부드러운 봄의 산들바람 같았다.

"잘 알고 있다고요? 어떻게요?"

백마의 커다란 눈이 나를 지그시 바라보고 있었다. 그 눈이 날 보자 나라는 존재가 그 자체로 받아들여지고 인정받고 용서받는 듯한 기분이 들었다…. 마음 깊은 곳이 따뜻한 평온함으로 가득 차올랐다. 그건 이미 잊어버린 어머니의 온기 같은, 말로는 표현할 수 없는 행복감과 안도감이었다.

다시 마음속에 목소리가 울려 퍼졌다.

(저는 샬레인, '화이트 킹'의 여동생입니다. 그래서 당신에 대해선 예전부터 잘 알고 있었습니다.)

'엇!! 화이트 킹의… 여동생!!'

안도감과 행복감이 순식간에 사라졌다. 화이트 킹은 내가 인간들과 함께 죽인 서쪽 숲의 왕이다.

'내가 죽였다고! 맙소사! 화이트 킹의 여동생이라니! 어떻게 하지?!'

다시 샬레인의 말이 울려 퍼졌다.

(동요할 필요 없습니다. 제가 화난 것처럼 보이나요?)

샬레인이 자애로 가득 찬 미소를 지었다.

나는 샬레인의 얼굴을 똑바로 볼 수 없어서 곧장 눈을 내리깔았다.

(오빠는 저에게 이렇게 말했어요. "사람들과 함께 있는 개중에 재미있는 자가 섞여 있다. 지금 당장은 무리지만, 얼마 후에 영혼의 소리를 알아듣고 이쪽으로 찾아올 거야. 조만간 분명 좋은 만남이 있을 테니, 그때를 위해 내가 발굽으로 그 자에게 각인을 남겨 둘게."라고요. 그게 존, 당신입니다.)

"!!"

고개를 들 수 없었다. 나는 그런 것도 모르고 화이트 킹을 죽여 버린 것이다.

화이트 킹의 목을 물고 늘어졌을 때 그의 살을 파고들던 내 어금니에 느껴진 감촉과 그의 피가 계속 흘러 내 몸에 전해져 오던 그 뜨뜻미지근한 감각이 되살아났다. 피에 물든 그가 쓰러져 생명의 빛을 잃어 가면서 나에게 마지막으로 보였던 그 고요한 눈동자가 뇌리에 번득였다.

그 순간 가슴 깊은 곳에 잠들어 있던 것이 마그마처럼 뿜어져 나왔다.

'나는 도대체 지금까지 얼마나 많은 목숨을 빼앗았나?

얼마나 많은 동물들의 생명을 끊어 버렸나?

얼마나 쓸데없고 무익한 살생을 해 왔나?

그래, 나는 살인자가 아닌가!

나는 정말 어리석고 무지하고 거칠고 구제 불능인 최악의 살인자다!

얼마나 수없이 무익하고 쓸데없는 살인을 해 왔나!

그렇다, 살인자다!

살인자다!

나는 살인자다!!

많은 목숨을 아무런 아픔도 괴로움도 슬픔도 하물며 죄책감이나 수치심조차 없이 아무것도 느끼지 않고 태연하게 빼앗고서 나만 태평하게 살아 있어도 되는 걸까?

그런 내가 하이랜드에 간다고?

살인자가 하이랜드에 간다고?

무리다!

차라리 여기서 죽어 버리는 편이 낫다!

누군가 나를, 구제 불능의 살인자를 당장 죽여 다오!!

나는 살아 있을 가치 따위가 없어!!'

(존, 고개를 드세요.)

샬레인의 부드러운 목소리가 뇌리에 울려 퍼졌다. 나는 천천히 고개를 들고 그녀를 보았다. 그녀의 큰 눈이 부드럽게 나를 바라보고 있었다.

(존, 제 앞에 나타나 줘서 고마워요.)

"네…?"

샬레인은 자애로 가득 찬 눈으로 나를 지그시 바라봤다.

(당신은…저입니다.)

"…!!"

내 가슴 깊은 곳에서 뜨거운 것이 힘차게 솟아올랐다.

(당신의 괴로움은 저의 괴로움입니다. 당신의 죄책감은 저의 죄책감이고요. 저는 예전부터 쭉 당신을 기다리고 있었습니다.)

나는 샬레인의 눈을 피할 수 없었다.

(저는 당신을 그리고 제 안에 있는 당신을 지금 이곳에서 용서합니다….)

"저…, 저를…."

(고마워요…, 존. 지금까지 괴롭게 해서 미안했어요. 괴로운 생각을 하게 만든 걸 용서해 주세요…. 그리고… 존, 당신을… 당신을… 정말로 사랑합니다….)

그 순간…, 눈물이 줄줄 나오고 온몸의 힘이 빠져나갔다. 나는 풀썩 그곳에 주저앉아 버렸다. 이제 뭐가 뭔지 전혀 알 수가 없었다.

(고마워요…, 미안해요…, 용서해 줘요…, 사랑해요….)

샬레인의 말이 머릿속에 연이어 울려 퍼졌다. 나는 온화한 그 목소리를 들으면서 의식을 잃었다.

얼마 후에 나는 눈을 떴다.

"오, 정신이 드나."

게트릭스의 목소리가 들렸다.

"샬레인님, 눈을 뜬 것 같습니다."

벨킨의 목소리다.

나는 곧바로 몸을 일으켰다.

"무슨…, 무슨 일이 일어난 거죠?"

벨킨이 말했다.

"존, 너는 샬레인님을 만나서 자신의 무의식 깊은 곳에 넣어 두고 보지 않으려 했던 괴로움과 죄책감을 쏟아 냈다."

확실히…, 그랬다. 내가 얼마나 잔인한 살인자인지…, 그런 건 깨닫지 못하고 있었다. 그걸 깨달았을 때 그 괴로움이란!!

"그리고 그 무의식이 의식화되어 샬레인님의 기도와 함께 통합되어 치유받은 거다."

"통합?"

"그렇게 보지 않으려 했던 자신을, 그만큼 용서할 수 없었던 자신을 치유하고 용서할 수 있었다는 거야."

게트릭스가 안 어울리게 어려운 말을 했다.

"네 상처는 샬레인님 본인의 상처이기도 하다. 그러므로 샬레인님이 자신의 상처를 치유하면 네 상처도 치유된다…. 우리는 하나로 이어져 있기 때문이지."

벨킨이 말했다.

"그런가요…? 샬레인님…, 감사합니다. 뭐랄까…? 굉장히 개운해져서…, 마치 다른 몸이 된 것 같아요…."

(저도 당신 덕분에 저를 치유할 수 있었어요. 고마워요. 여기에 와 주어서 정말 고마워요.)

"이야! 이걸로 끝났군. 그럼 앞으로 어떻게 할 거야?"

게트릭스가 말했다.

(존, 자신의 영혼의 소리를 따르세요. 그게 당신이 나아갈 길입니다.)

샬레인의 목소리가 마음속에 울려 퍼졌다. 나는 눈을 감은 채 가슴 깊은 곳에서 올라오는 감각에 응하며 대답했다.

"저는 당분간 여기에 남겠습니다."

"어라? 왜지?"

게트릭스의 붉은 눈이 반짝 빛났다.

"지금 이 숲은 매우 위험한 상태입니다. 인간과 동물이 가득 와 있지요. 저는 예전에 사냥개였습니다. 분명 뭔가 도움이 될 테니, 꼭 돕고 싶습니다."

게트릭스가 말했다.

"미안하지만 넌 필요 없어. 왜냐면 이 숲 자체가 하나의 생명체거든. 이 숲의 동물들 모두가 우리에게 정보를 주고 있어. 사람이나 개들이 어디에 있는지 무엇을 하는지 그런 것들 말이야. 그러니 그들이 우릴 잡는다는 건 말도 안 된다고."

나는 시저의 말을 떠올렸다.

"하지만 이 숲에 와 있는 무리들은 지금까지와는 달라. 우리 사이에서도 엄청 유명한 사냥개 군단이야. 그들을 여태껏 봐 왔던 사람이나 개랑 같다고 생각하면 안 돼."

"아니야, 상관없어. 전혀 문제없다고."

"기다려, 게트릭스. 존이 말하는 것도 들을 필요가 있어. 무엇보다 샬레인님은 존이 스스로 선택하게끔 말씀하셨잖아. 존의 선택에 우리가 이래라저래라 할 수는 없어."

"흥, 뭐 알겠어. 다만 존, 우리의 방해물은 되지 마라."

게트릭스는 콧방귀를 뀌었다.

"참고로…, 내 상처도 화이트 킹 녀석 때문에 생긴 거다."

게트릭스는 조금 부끄러운 듯 씩 웃었다.

19

샬레인을 지키는 날들이 시작됐다. 게트릭스가 말한 대로 인간과 개들의 움직임은 전부 알 수 있었다. 숲의 동물들이 계속 소식을 알려 주러 왔다. 어느 때는 휘파람새가, 어느 때는 매가, 어느 때는 야생 토끼가…. 우리는 그 정보로 미리 작전을 세워 사람 눈에 띄지 않은 채 달아날 수 있었다.

언젠가 다들 쉬고 있는데, 갑자기 샬레인이 고개를 들고 일어섰다.

(저는 가야 해요.)

"샬레인님, 상황을 확인하기 전까지 기다려 주세요."

벨킨은 하늘을 날고 있는 매를 불러들이더니 말했다.

"확인 좀 부탁해."

얼마 후에 매가 되돌아왔다.

"괜찮아. 상처 입은 작은 사슴이 한 마리 있을 뿐이야. 그 외에는 아무도 없어."

"괜찮습니다. 갑시다."

"존, 너도 오는 게 좋아. 샬레인님의 힘을 봐 두면 좋지."

나는 벨킨의 말에 못 이겨 샬레인, 벨킨, 게트릭스를 따라 숲속으로 들어갔다.

한동안 걷다가 커다란 나무줄기 밑에 기운 없이 웅크리고 있는 새끼 사슴을 발견했다. 사슴은 뒷다리에 총을 맞아서 출혈이 심한지라 겨우 목을 가누었다.

"아아, 샬레인님, 와 주셨군요. 감사합니다."

샬레인은 사슴의 마음에 말을 걸었다. 신기하게 내 마음에도 그녀의 목소리가 들려왔다.

(신경 쓰지 않아도 괜찮아. 이게 나의 임무니까.)

샬레인은 눈을 감고 가만히 코끝을 사슴에게 가까이 댔다. 그러자 은백색으로 빛나는 그녀의 몸이 한층 더 하얗게 빛나기 시작했다. 그 빛은 점차 커지더니 사슴을 감싸 안았다.

'우와, 뭐가 시작되는 거지?'

처음에는 하얗던 빛이 점점 노란색으로 바뀌고 점차 밝고 따뜻한 오렌지색으로 변했다.

오렌지색이 한동안 계속되다가 차차 가라앉자 샬레인은 평소의 모습으로 돌아왔다.

그러자 세상에! 사슴이 발딱 일어섰다.

"샬레인님, 샬레인님! 감사합니다. 정말 감사합니다! 이제 엄마가 있는 곳으로 돌아갈 수 있어요!"

사슴은 깡충깡충 기뻐 날뛰었다.

(자, 가족이 있는 곳으로 돌아가렴.)

사슴은 까닥 고개를 숙이고 나서는 잽싸게 숲속으로 사라져 갔다.

"봤나? 존, 이게 샬레인님의 힘이다."

게트릭스가 자랑스러운 듯 으스댔다.

"굉장해···."

"샬레인님이 계시는 한 이 숲은 평안하고 무사하단다."

(아니에요, 게트릭스. 그렇지 않아요. 지금은 제가 있어 이 숲의 모두를 위험한 상황으로 몰아넣고 있어요.)

"아닙니다, 샬레인님, 이 숲에는 당신이 필요합니다. 인간들은 우리가 어떻게든 하겠습니다."

게트릭스는 샬레인에게 말했다. 그러자 벨킨이 둘을 가로막았다.

"기다려! 그 이야기는 나중이다. 빨리 돌아와!"

긴장하고 벨킨을 봤더니 그는 내게 눈짓하며 중얼댔다.

"누군가 온다!"

나도 그 기척을 느꼈다. 개 떼인 듯했다. 조금 전의 새끼 사슴을 뒤쫓는지도 몰랐다.

"좋아, 도망치자."

게트릭스가 선두로 달려 나갔다. 우리는 그곳을 떠났다.

얼마 후 그곳에 개 몇 마리가 나타났다. 시저 부대의 개들이었다.

조금 늦게 마리우스가 도착했다.

"이상하군. 그 상처로는 그렇게 멀리 못 갔을 텐데…."

마리우스가 의아해하자 개 한 마리가 그를 불렀다.

"여기 좀 보십시오."

그곳은 아까 새끼 사슴이 웅크리고 있던 나무줄기였다. 뿌리에 많은 양의 핏자국이 남아 있었다.

"이상하네…. 그 작은 몸에 이 정도의 출혈량이면 이미 못 움직일 텐데…."

마리우스는 고개를 갸웃했다. 거기에 시저가 후속 부대와 함께 도착했다.

"사령관님, 여기로."

시저는 마리우스가 가리키는 핏자국을 보면서 말했다.

"아무래도 나타난 것 같군."

"나타났다고요? 무슨 말씀인지?"

"전에 말한 불가사의한 힘을 지닌 말이다. 아무래도 우리 사냥감의 상처를 낫게 해 준 것 같군. 그거 말고는 생각할 수 없다."

"음, 소문이 사실이었군요…."

"그런 것 같아. 좋았어! 이걸로 작전을 세울 수 있다. 놈을 잡을 수 있어."

"네."

"모두에게 작전을 하달한다. 오늘 밤 작전 회의에 소대장 이상 전원 소집하도록."

"네, 알겠습니다."

샬레인 일행과 동굴에 돌아온 나는 아직 흥분이 가라앉지 않았다. 그걸 헤아렸는지 샬레인이 먼저 나의 마음에 말을 걸어왔다.

(존, 당신이 본 것처럼 저는 치유의 힘을 가지고 있어요. 이 힘은 제가 집안 대대로 물려받았답니다.)

"그렇다면 화이트 킹도 그 힘이 있었나요?"

(아니요, 이 힘은 일대에 한 명에게만 전해져요. 그리고 여성에게만 주어지는 힘이랍니다. 전에는 저희 어머니께서 이 힘을 가지고 있었습니다.)

"그렇군요…."

"그래서 우리가 지켜야만 합니다."

벨킨이 조용히 말했다.

"너도 도와라."

게트릭스가 나를 보며 덧붙였다.

(아니에요, 게트릭스. 존은 여기서 배움이 끝나면 다음 여행으로 가야 해요. 그것이 그의 길이랍니다.)

"네네, 알겠습니다. 샬레인님."

게트릭스는 약간 까불대는 몸짓을 했다.

"그치만 저도 여기에 있는 한 꼭 도움이 되겠습니다!"

(마음이 든든하네요….)

샬레인은 기쁜 듯이 커다란 눈을 가늘게 떴다.

하지만 그 개들이 시저의 부대라면 도저히 이대로 끝나리라고는 생각할 수 없었다. 나는 일말의 불안을 느꼈다.

20

그로부터 며칠이 지난 어느 날, 저번과 마찬가지로 천천히 샬레인이 고개를 들었다.

(저는 가야 해요.)

벨킨이 그때와 똑같이 대답했다.

"잠시 기다려 주세요. 상황을 확인하겠습니다."

벨킨은 매를 불러들여 상황을 보러 가도록 지시했다. 얼마 후 매가 되돌아왔다.

"총에 맞아 다친 듯한 암사슴 한 마리가 있어. 근처에 인간의 모습은 보이지 않지만 뭔가 이상해. 묘한 느낌이 들어. 말로 표현할 순 없지만…."

"묘한 느낌?"

"총에 맞았는데도 사람이나 개들의 기척이 느껴지지 않더라고. 총 쏜 놈들은 어디에 있는 거지?”

“….”

벨킨은 하늘을 우러르며 잠시 생각하더니 신중하게 말했다.

“샬레인님, 이번에는 가지 않는 게 좋을 것 같습니다. 사람들의 함정일지도 모릅니다.”

그리고 나를 보고 물었다.

“존, 어떻게 생각해?”

“저도 가지 않는 게 좋을 듯합니다. 아마 함정일 겁니다.”

게트릭스가 그 말을 듣더니 대답했다.

“벨킨, 설령 이게 함정이라고 해도 놈들이 뭘 할 수 있겠어? 내가 발로 차 버릴게.”

“게트릭스, 인간을 깔보면 안 돼. 놈들의 무기는 한순간에 우리 목숨을 앗아갈 수 있다고.”

벨킨은 그렇게 말하더니 다시 샬레인을 향해 말했다.

“이번에는 유감이지만….”

그 말을 도중에 가로막고 샬레인이 말했다.

“난 가야만 해요.”

“하지만….”

샬레인은 벨킨의 말을 다시 가로막더니 강하게 말했다.

(그 사슴이 저를 위해 함정의 미끼가 되었다면 저는 더 가야만 해요.)

"그러다 만약 샬레인님께 무슨 일이 생기면…."

샬레인은 의연히 대답했다.

(만약 그리된다면…, 저는 그걸 받아들이겠어요. 위대한 존재가 제게 그런 운명을 준비하는 거라면 저는 기꺼이 그걸 받아들이겠어요.)

"샬레인님, 안심하십시오. 그렇겐 안 되게 할 겁니다. 제가 목숨을 대신해서라도 지켜 드리겠습니다."

게트릭스가 붉은 눈을 반짝반짝 빛내며 일어섰다.

벨킨도 샬레인의 말을 듣고 각오를 다졌다.

"그러면 갑시다. 저도 목숨을 바쳐서 지켜 드리겠습니다. 존, 너는 어떡할래? 이번엔 목숨 걸고 가는 거야."

"물론 가야지. 가는 게 당연하잖아."

샬레인은 자신이 느끼는 장소를 향해 망설임 없이 걷기 시작했다. 그녀의 오른쪽에는 나, 왼쪽에는 벨킨, 그리고 뒤쪽에는 게트릭스가 붙어서 주의 깊게 둘레를 살폈다. 조금 전에 매가 말한 대로 사람이나 개들의 기척은 없었다. 하지만 사냥개 냄새가 곳곳에 남아 있었다.

'이 냄새는 시저의 부대 냄새랑 비슷하군. 상황도 이상하고 어쩌면 그의 함정일지도 몰라.'

벨킨을 보니 '알고 있어'라는 듯이 나를 향해 고개를 끄덕였다.

20분쯤 숲속을 경계하며 걸었다. 드문드문 서 있는 나무들 사이로 넓은 개활지가 나왔다. 그 한가운데께 밝은 곳에 동물 한 마리가 웅크리고 있었다. 샬레인이 느꼈던 암사슴인 것 같았다.

샬레인은 망설임 없이 암사슴에게 다가가 사슴의 마음속을 향해 말을 걸었다.

(가엾게도…, 미안하구나. 아팠지? 지금 낫게 해 줄게.)

그녀는 코끝을 암사슴에게 가까이 대고 눈을 감았다. 그러자 또 그녀의 몸이 은백색으로 빛나기 시작했다.

나는 그 광경에 놀라움을 느끼면서도 최대한 주의를 기울이고 있었다.

샬레인의 몸이 점점 빛을 더해 갔다. 새하얀빛이 최고조에 달해 오렌지빛으로 바뀌려고 할 때 소식을 전하는 매가 황급히 날아들었다.

"큰일 났어! 개 떼들이 몰려와! 허벌나게 많아! 너무너무 빨라!"

나는 당황해서 샬레인을 쳐다봤지만, 그녀는 치료를 계속하고 있었다. 벨킨이 낮은 소리로 말했다.

"한번 시작하면 중간에 멈출 수 없어. 각오해라, 존."

게트릭스는 마치 즐기듯이 입가에 히죽 미소를 띠었다.

"샬레인님, 서둘러 주십시오."

벨킨이 다그쳐도 샬레인은 말없이 치료를 멈추지 않았다.

샬레인과 암사슴의 몸이 똑같이 빛나기 시작했다.

(빨리, 빨리!)

벨킨과 게트릭스는 사냥개들이 오리라 예상되는 방향을 경계하고 있었다. 나도 사냥개들이 와도 바로 샬레인을 지킬 수 있도록 근육을 풀며 몸을 구부렸다.

수많은 개 떼가 달려오는 기척이 느껴졌다. 짜박짜박 사방팔방에서 개들의 발소리가 들려왔다. 역시 시저! 이 광장은 완전히 포위된 것 같았다.

개들의 부대가 속도를 줄이고 모든 방향에서 소대 단위로 샅샅이 포위망을 좁히며 다가왔다.

"쳇…, 꽤 설쳐 대는군."

게트릭스가 뇌까리며 침을 뱉었다. 벨킨은 상황을 냉정하게 계산하는 듯했다. 나도 포위망의 틈을 열심히 찾았다. 하지만 그러는 동안 마침내 개들이 모습을 드러냈다.

내 눈앞에 나타난 검은 개는 역시 시저였다. 벨킨 앞에는 몇몇 소대장들이 보였고 게트릭스 앞에는 마리우스와 그 부하들이 모습을 드러냈다. 우리는 완전히 포위당했다.

"존, 또 만났네."

시저는 낮고 윤기 있는 목소리로 조용히 말했다.

"지금이라도 늦지 않았어. 투항해라."

"거절한다."

"그리 말할 줄 알았다. 일단 너에게 경의를 좀 표시한 것뿐이다."

시저는 나한테 인사치레를 마치고, 벨킨과 게트릭스를 향해 차갑게 몇 마디 내뱉었다.

"우리는 이 말을 갖고 싶다. 이 말은 우리의 사냥감이니까. 저항하지 말고 얌전히 넘겨. 늑대가 말을 지키기 위해 목숨을 잃는다니 웃기지도 않구먼."

게트릭스가 실실 쪼개며 받아쳤다.

"어이, 검은 놈! 잘 들어. 목숨만은 살려 주지. 얌전히 꼬리 내리고 사람들 품속으로 돌아가라."

시저도 입가에 미소를 흘리며 대답했다.

"이 판국에 그런 말을 하다니 대단하군. 아니, 그냥 상황을 모르는 멍텅구린가?!"

벨킨이 시저에게 물었다.

"왜 사람들이 이분을 원하지?"

"내가 갖고 싶은 것을 인간이 원하는 것뿐이다."

"호오, 넌 스스로 원하는 것과 인간이 원하는 것을 혼동하고 있구나."

"혼동하는 게 아니라 동일한 거야."

"그럼 하나 묻겠는데, 만약 이분을 수중에 넣으면 넌 얻는 게 뭐냐?"

"우리의 전투 경력에 위대한 훈장이 또 하나 늘어나지."

"훈장…, 훈장을 모아서 도대체 뭐가 되는데?"

"비할 데 없는 자라는 증표가 더 쌓이게 되지."

나는 벨킨이 시저에게 말을 걸면서 샬레인의 치료 시간을 벌고 있다는 걸 깨달았다. 샬레인을 보니 치료는 거의 끝나가고 있었다. 나도 논쟁에 참여했다.

"시저, 넌 이미 충분히 비할 데 없는 자야. 다들 인정하고 있잖아. 그래도 네가 말하는 비할 데 없는 자가 된다면 그다음은 어떻게 할래?"

"존, 우리는 전설이 되어 영원한 생명을 얻는 거야."

"쳇, 시시하네."

게트릭스가 불쑥 끼어들었다. 시저는 게트릭스를 째려보며 말했다.

"뜻이 낮은 자는 알 리가 없지."

(시저, 당신은 아직 배워야 할 것들이 많은 듯하네요.)

갑자기 샬레인의 목소리가 머릿속에 울려 퍼졌다. 어느새 그녀는 치료를 끝내고 조용히 시저를 바라보고 있었다.

시저는 주위를 살펴본 후 뜨악한 표정을 지었다. 샬레인이 소리를 내어 말하지 않고 자신의 마음에 직접 말을 걸었다는 사실을 비로소 깨달았기 때문이다. 하지만 그는 얼른 정신을 가다듬고는 샬레인을 향해 말했다.

"불가사의한 힘을 지닌 자여. 얌전히 우리 진영으로 오는 게 좋아. 그리하면 네 불쌍한 부하들 목숨은 살려 주지."

샬레인은 그 말에는 대답하지 않고 봄의 시냇물처럼 부드럽게 말을 던졌다.

(시저, 당신은 도대체 왜 그렇게 상처 입은 거죠?)

"상처 입었다고…? 내가?"

생각해 본 적도 없는 샬레인의 말에 시저는 순간 혼란스러워졌다.

(그래요. 우리를 공격하고 상처 입히고 죽이지 않으면 치유되지 않을 만큼 당신은 도대체 무엇에 상처 입은 건가요?)

"무슨 소릴 하는지…? 상처 입었다고? 난 어떤 자에게도 상처 입은 적이 없어. 앞으로도 상처 입을 일은 없을 거야."

(아니에요. 모든 공격은 사랑받고 싶다는 마음의 소리예요. 저에겐 당신이 구조를 외치는 강아지로밖에 보이지 않네요. 당신은 스스로 그걸 모르는 건가요?)

샬레인이 부드럽게 타이르듯 말을 걸었다.

"뭐…, 뭐라고…!"

그곳에 있는 모두가 샬레인과 시저의 대화에 빠져 열심히 듣고 있던 그때였다.

"깽!"

날카로운 비명이 울려 퍼졌다.

"샬레인님, 이쪽으로!"

벨킨이 외쳤다. 그의 발밑에 소대장 두 마리가 엎어져서 깔려 있었다. 소대장과 함께 우리를 둘러싸고 있던 개들이 갈피를 못 잡고 허둥대자 포위망에 구멍이 뻥 뚫려 버렸다.

샬레인은 마치 거기에 틈이 생길 것을 알고 있었던 것처럼 들입다 몸을 날리며 빠져나갔다.

21

틈을 타 빠져나간 샬레인의 뒤를 벨킨, 나, 게트릭스도 맹렬한 스피드로 따라갔다. 우리는 소대장을 잃고 통솔력이 없어져 우왕좌왕하는 개들을 뒤로한 채 쏜살같이 포위망을 탈출했다. 미끼가 되었던 암사슴도 이 소동을 틈타 어디론가 멀리 도망쳐 갔다.

나는 샬레인의 빠른 발걸음에 혀를 내둘렀다. 평소 천천히 움직이는 모습으로는 상상할 수 없는 날렵함이었다. 내가 최고 스피드를 내야만 겨우 따라갈 수 있을 정도였다. 역시 화이트 킹의 여동생다웠다.

시저 추격대의 으르렁거리는 소리가 어느새 멀어져 갔다. 숲속을 빠져나와 큰 바위들이 여기저기 흩어져 있는 지름길을 지나서 꽤 달렸을 무렵, 더는 뒤쪽에서 기척이 느껴지지 않았다.

'따돌린 걸까…?'

그때 갑자기 벨킨이 멈춰 섰다. 그는 곧게 나 있는 길을 주시했다. 그 앞길은 양쪽에 높이 깎아 놓은 듯한 낭떠러지가 있어 좌우로 도망갈 곳이 없었다.

"존, 어떻게 생각해?"

"음, 아마 여기 있을 것 같아."

여기는 절호의 매복 포인트였다. 내가 시저라면 복병을 배치하고 매복했으리라….

"역시 그런가…."

옆을 보니 발 딛기 나쁘게 울퉁불퉁한 바위가 펼쳐져 있는 평지였다. 우리는 괜찮지만 샬레인의 발로는 빨리 걸을 수 없었다. 자칫하다간 발목을 삐게 되고, 우리가 이쪽으로 도망쳐도 시저에게 금방 따라잡힐 것 같았다.

'역시 시저로군! 전부 그의 계획대로인가….'

벨킨이 냉정하게 말했다.

"샬레인님, 저 맞은편에 복병이 있을 것 같습니다. 좌우는 낭떠러지라 도망칠 수 없고요. 뒤에서도 추격자가 오고 있습니다. 거기에 들어가면 그야말로 독 안에 든 쥐 신세이지요."

뒤에서 시저 추격대의 울음소리가 가까워지고 있었다.

"샬레인님, 여기선 저 길로 들어가지 말고 이 바위밭 서쪽으로 빠져나갑시다.”

벨킨은 낭떠러지 앞에 나 있는, 발을 디디기 힘든 울퉁불퉁한 너덜겅을 가리켰다.

(벨킨, 당신에게 맡길게요.)

“하지만 이 돌밭에선 빨리 뛰실 수 없잖아요?”

나는 염려되어 심히 불안했다.

“그래, 샬레인님이 바위를 피해 제대로 나아가시긴 어려워. 반드시 따라잡힐 거야. 그래서 말인데, 게트릭스.”

벨킨이 게트릭스에게 초조한 눈길을 보내자, 그는 고개를 까닥이며 의미심장한 미소를 머금었다.

“나에게 맡겨, 벨킨. 맨 뒤에 서는 건 남자의 훈장이지. 그럼 또 만나자. 샬레인님, 어서 가십시오.”

(게트릭스….)

샬레인이 주저하며 말을 걸려고 하는데, 게트릭스가 외쳤다.

“존, 샬레인님을 부탁한다! 빨리, 벨킨을 따라가!”

게트릭스는 시저 추격대를 향해 여태 왔던 길을 맹렬한 스피드로 뛰어 돌아갔다.

벨킨은 한동안 게트릭스의 뒷모습을 바라보더니 말했다.

“샬레인님, 가시죠. 존, 가자.”

우리는 낭떠러지 사이에 있는 짐승들이 다니는 길로 가지 않고 울퉁불퉁한 돌너덜의 서쪽 방향으로 빠르게 걷기 시작했다. 다행히 이 바위밭에는 추격자가 숨어 있지 않은 듯했다. 하지만 발 디디기가 어려워 속도를 낼 수 없었다. 샬레인은 더욱 그랬다. 이대로라면 따라잡힐지도 몰랐다. 다만 게트릭스가 시간을 좀 벌어 주기를 바라는 수밖에 없었다.

"성가신 적입니다…."
마리우스가 말했다.

시저의 일행 앞에 게트릭스가 우뚝 버티고 서 있었다. 좌우는 커다란 바위로 막혀 있고 길 폭은 겨우 한 마리가 지나갈 수 있을 만큼 좁았다. 그 한가운데에서 게트릭스가 네 발을 힘껏 딛고 듬직하게 서서 하나 남은 진홍색 오른눈을 반짝 빛내며 시저 일행을 노려보고 있었다.

"이놈을 쓰러뜨리지 않는 한 앞으로 나아갈 수 없습니다."
마리우스가 말하자 시저가 걷기 시작했다.

"외눈박이 늑대야, 왜 그렇게까지 백마를 지키느냐?"
"흥, 자기 이외엔 지킬 게 없는 넌 말해 봤자 모를 텐데."
게트릭스는 조용히 그리고 확신에 차서 말했다.

"어리석은 선택이구나. 좋아, 각오해라. 그럼 바라는 대로 네놈을 죽여 주마."

시저는 뒤쪽의 부하들에게 눈으로 신호를 보냈다. 삽시간에 여러 마리 개들이 게트릭스를 덮쳤다. 그는 달려드는 개들

을 뿌리치고 물어뜯고 걷어차서 길 한가운데를 기어이 사수
했다.

시저가 또 신호를 했다. 그러자 다른 개들이 게트릭스의 다
리를 노리고 덤벼들었다. 게트릭스는 다리를 물리고도 무릎
을 굽히지 않았다. 그는 자기 다리를 물고 있던 개들을 위에
서 물고 늘어지며, 그 통증으로 입을 뗀 개들을 연달아 멀리
내던져 버렸다.

시저가 다시 신호했다. 이번에는 마리우스를 중심으로 덩
치 큰 개들이 게트릭스를 향해 돌진했다. 게트릭스는 사지를
완강히 버틴 채 온몸으로 공격을 척척 막아 내며, 선두에서
맞닥뜨린 마리우스의 멱살을 덥석 물고 그를 몸뚱이째 휙휙
휘둘렀다.

시저는 살살 콧잔등을 긁으며 또다시 신호를 주었다. 그 신
호와 함께 다른 집단의 개들이 게트릭스에게 냅다 들이닥쳤
다. 중상을 입은 마리우스도 일어서서 재차 싸움에 가세했다.
일진일퇴의 처참한 싸움이 계속 펼쳐졌다. 게트릭스는 정말
붉은 외눈의 야차 같았다. 그렇지만 결국 일 대 다수의 싸움
이었다. 게트릭스는 점점 지치고 상처가 깊어졌다.

시저의 마지막 신호와 함께 원기 왕성한 개들로 집단이 교
체되어 게트릭스한테 뛰어들었다.

"아… 아직이다… 아직이야….".

게트릭스는 중얼거리면서 열심히 싸웠다. 그런데 갑자기 그의 뒤쪽에서 새로운 개들의 울음소리가 울렸다. 매복해 있던 개들이 요란한 싸움 소리를 듣고 이쪽으로 돌아오고 있었다. 샬레인은 놓쳤는지 보이지 않았다. 어쨌든 게트릭스는 앞뒤로 완전히 둘러싸이고 말았다.

"기다려!"

시저의 낮고 냉정한 목소리가 울려 퍼졌다. 게트릭스에게 덤벼들던 개들이 일단 뒤로 물러섰다.

"외눈박이 늑대야. 넌 잘 싸웠다. 잘 알다시피 넌 완전히 포위됐다. 앞으로 싸움 결과는 명확하다. 포기하고 우리에게 항복하지 않겠나?"

시저는 게트릭스에게 아깝다는 듯한 시선을 던졌다.

하얀 몸을 자신의 피와 상대방의 피 때문에 진홍색으로 물들인 게트릭스! 개를 물고 있던 그가 입을 쫙 벌리자, 축 처진 개는 땅에 떨어져 굴렀다. 그는 피를 흘리며 야차처럼 즐거워했다.

"하하하…, 어이, 검은 놈! 누구한테 헛소릴 하냐? 이 몸은 게트릭스님이시다. 내가 따르는 건 나 자신이다! 나, 나 이외에 따르는 건 없다!"

"아깝군, 강한 자여. 할 수 없지. 최소한의 정이다. 괴로움은 적게 느끼게 해 주마."

시저는 전광석화 같은 속도로 게트릭스의 목덜미를 물었다. 다른 개들도 일제히 앞뒤에서 게트릭스에게 덤벼들었다. 게트릭스가 서 있던 곳은 눈 깜짝할 사이에 무수한 개들로 시꺼메지고 말았다.

그 무렵, 우리는 발 디디기 어려운 바위밭을 어떻게든 빠져나가 숲속을 크게 우회해서 은둔처를 향해 달려가고 있었다.

"벨킨, 게트릭스는 괜찮을까?"

"모르겠어. 하지만 게트릭스가 목숨을 걸고 시간을 만들어 준 덕분에 우리는 살았어."

벨킨은 똑똑히 앞쪽을 응시했다.

샬레인은 말없이 달리고 있었다. 그녀의 능력을 생각해 보면 이미 게트릭스의 안부를 알고 있다 해도 이상하지 않았다.

'설마…. 아니야, 그는 게트릭스라고. 분명 어떻게든 했을 거야….'

나는 불길한 상상을 뿌리치듯이 고개를 흔들며 계속 달려나갔다.

22

그날 저녁, 시저는 샬레인 포획 작전의 실패 보고를 씁쓸히 듣고 있었다.

"그런가…. 용케 우릴 따돌렸군."

"네, 중간에 몇 번이나 강에 들어간 모양인지 냄새도 끊겨 버렸습니다."

"알겠다. 물러가도 좋아."

"네."

시저는 한동안 하늘을 올려보더니 갑자기 뭔가 떠오른 듯 걷기 시작했다. 잠시 걷다 멈춰서더니 천천히 고개를 밑으로 떨궜다. 그의 시선 끝에는 새하얀 몸을 자신의 피와 다른 개들의 피로 뻘겋게 물들인 채 힘없이 드러누워 있는 게트릭스의 모습이 어른거렸다.

"외눈박이 늑대야. 이번엔 너한테 당했구나. 너의 주인은 완전히 도망친 것 같다."

얼핏 죽은 것처럼 보이던 게트릭스는 놀랍게도 한쪽 눈을 희미하게 뜨고 숨이 막 끊어질 듯 간신히 입을 열었다.

"아…, 당연하지. 흐, 흥…, 꼴좋다."

게트릭스는 히죽 웃었다.

"왜 웃고 있지? 이제 곧 죽을 거면서."

"나, 난 만족하니까. 검둥개…, 너…, 넌 모를 거야."

"만족? 우리한테 져서 목숨을 빼앗기는 판에 뭐 만족한다고?"

"그래…, 난 열심히 싸웠다. 난 전력을 다했어. 뒷일은 남아 있는 동료가 어떻게 해 주겠지. 나…, 난 나에게 만족한다. 그래서 웃는 거야."

"흥, 넌 도망치고 있어. 결과적으로 우리와의 싸움에서 패배하여 죽어 가면서 값싼 자기만족의 세계로 도망치고 있는 거잖아."

게트릭스는 허공을 떠돌던 시선으로 똑똑히 시저를 쳐다보았다.

"호오, 네…, 네가 그런 소리를. 너야말로 도…, 도망치고 있는데."

"뭐라고? 내가 무엇에서 도망치고 있단 거냐?"

"넌 도망치고 있다. '자기 자신'에게서 도망치고 있어."

"뭐라고?"

"모…, 모처럼 이 세상에 태어나서 모든 걸 할 수 있는… 자유와… 힘과… 기회가 있는데…, 인간들에게 혹사당하고… 사냥하는 역할에만… 매달리고 있잖아."

힘겹게 대답한 게트릭스는 크게 숨을 들이마시고 잠시 말을 끊더니 계속했다.

"너…, 넌 역할만으로 살아가는 것…, 그것 외에 자신의 가능성을 부정함으로써 자신 안에 있는 진정한 자신의 소리, 즉 영혼의 소리로부터 도망치고 있다."

"웬 바보 같은 말을…."

"그…, 그런 널 나…, 난 정말로 불쌍하게 생각한다."

"무슨 말을 하는 거냐. 불쌍한 건 바로 너야. 우리는 너를 죽인다. 무자비하게 죽이지. 주저 없이 죽인다고. 왜냐면 우리가 너보다 우수하기 때문이야."

"흐…, 흥, 불쌍한 놈이군…. 아, 아직도… 그런 말을 하냐…? 이, 이 세상엔 우수한 것도 열등한 것도 없단다. 다들 똑같다. 내, 내가 여기서 죽는 건 나 자신이 그걸 선택했기 때문이다…. 난 내 의지로 죽는다. 난 내 영혼의 소리를 따라 죽는 거야."

"너의 말이야말로 정말 패배자의 짖는 소리구나. 조만간 너의 주인도 내가 반드시 숨통을 끊어 놓을게. 너의 죽음은 개죽음 외에 아무것도 아니다.”

“어, 어이, 검은 것! 넌 정말 불쌍한 놈이야. 죽음은 누구에게나 찾아오지. 우리가 죽는 순간에 받는 질문, 위대한 존재가 우리에게 하는 질문…, 그게 뭔지 알고 있나?”

“…”

“지… 진짜 중요한 건 ‘어떻게 살았나?’이다…. 죽는 순간은 자신의 ‘존재’에 대한 질문을 받는 순간이다. 무엇을 가지고 있든, 어떤 위치에 있든, 어떤 실적이나 훈장 혹은 증표가 있든 그런 건 일절 관계없지. 그쪽 세상은 그런 잡동사니를 가지고 있으면 안 되거든. 죽는 순간에 받는 질문은 ‘어떻게 살았는지? 어떤 존재였는지?’ 그…, 그것뿐이다.”

“…”

“나, 난 언제나 ‘나답게’ 살았다. 나… 난 나로서 ‘정말로 중요하다고 생각하는 것’을 정말로 소중하게 여기며 살았다. 진정한 나로 살아왔다. 저… 젊을 때는 그렇지 않았지만… 지금은… 그러하다. 그것만으로 나, 난 충분하다.”

“무슨 그런 억지를….”

“거…, 검둥개, 넌 터무니없이 큰 착각을 하고 있어. 나…, 난 친절하니까 저승길 가기 전에 고별 선물로 가르쳐 주마.”

“착각이라고?”

"그래, 큰 착각이다. 너는 육…, 육체에서 생명을 앗아가는 걸 승리라고 생각하지. 하지만 육체는 존재의 일부에 지나지 않아. 육체를 파괴해도 영혼까지는 파괴할 수 없지. 그래, 영혼은 죽지 않아. 즈…, 즉, 넌 누구에게도 승리하지 않았단 말이야. 웃기는 얘기지. 하하하, 유감이군. 지금까지 네 노력은 전부 그릇된 헛수고였어. 하하하하."

"뭐, 뭐라고! 말도 안 되는 억지를…."

"모르겠나? 그, 그럼 네 취향에 맞게 바꿔 말해 보지. 너는 나…, 나의 육체 기능을 정지시킬 수는 있다. 하지만 내 영혼까지는 빼앗을 수 없어. 여…, 영혼은 누구도 빼앗을 수 없고 빼앗길 수도 없거든. 즉 지…, 진실의 세계에선 승패나 우열 따위는 존재하지 않아. 전부 너의 에고가 만들어 낸 자그마한 환상일 뿐이야."

"난 그런 소리 안 믿어."

"너도 곧 내가 하는 말이 어떤 의미인지 알게 될 거야. 스…, 슬슬 시간이 온 것 같군. 마지막 너와의 대화, 즈…, 즐거웠어. 그…, 그럼 안녕. 저쪽에서 기다리마."

게트릭스는 눈을 감았다. 그 직후 인간들이 우르르 몰려왔다. 그리고 시저 앞에 드러누워 있는 게트릭스를 보고 말을 던졌다.

"오오, 이 늑대인가? 하얀 늑대라니 흔치 않은데…. 그런데 털가죽에 너무 상처가 많네. 정말이지, 시저도 결국 개로구나. 모피의 가치를 모르다니, 쯧쯧! 뭐, 개한테 그런 것까지 이해해 주라고 하는 건 무리이긴 하겠지만….”

인간은 자꾸 혀를 차면서, 대수롭지 않게 게트릭스의 가슴에 ‘탕’ 하고 총알을 박아 넣었다. 게트릭스는 만족스러운 미소를 띠며 숨이 끊어졌다.

인간은 시저를 돌아보며 말했다.

“시저, 이번엔 너답지 않았어. 개들을 여럿 잃었다고! 이러면 다음 사냥이 불가능해지잖아. 상처가 심한 놈들은 성가시니까 내일 아침에 즉결 처분한다!”

인간은 발길을 되돌려 캠프를 향해 사라져 갔다.

시저는 인간이 한 말의 의미를 즉시 이해했다. 시저의 주인님은 어제까지 동료였던 개들을 성가시니까 쏴 죽이겠다는 것이다. 이런 일은 전에도 드물게 있었지만, 이번에는 꽤 많은 수가 그 대상이 되리라….

시저는 혼란스러워졌다.

‘우리와 인간은 대등한 파트너가 아니었던가?

우리는 인간의 손을 빌리지 않고 여태껏 꽤 많은 강적을 쓰러뜨려 온 것 아닌가…?

우리 덕분에 그만큼 사냥감을 사냥하고 전투 성과를 올려온 것 아닌가…?

인간들은 아무것도 하지 않고 우리들의 전투 성과를 누려 온 것 아닌가…?

전부 우리가 수행한 전투 성과, 훈장, 증표인 것 아닌가…?

그런데…,

그런데…,

우리는 이렇게나 간단히 버려지고 죽임당할 정도의 존재였 단 말인가…?

우리는….

도대체 뭘까?

이렇게 작은 존재였던가?

이러면 우리가 사냥해 온 사냥감과 똑같은 것 아닌가…?

거짓말….

그럴 리 없어.'

게트릭스의 목소리가 뇌리에 울려 퍼졌다.

(너는 인간들에게 혹사당하고 사냥하는 역할에만 매달리고 있어.)

'혹사당하고 있다… 고? 매달리고 있다… 고? 내가?'

(넌 도망치고 있다. 자기 자신에게서 도망치고 있어….)

'도망치고 있다… 고? 내가?'

시저는 빛을 잃고 허공을 바라보는 게트릭스의 붉은 눈을 내려보았다. 그리고 문득 존이 했던 말을 떠올렸다.

(우리의 본질은 자유다. 우리는 인간에게 길러지고 인간을 위해 애쓰려고 태어난 게 아니다….)

'본질은 자유….'

시저는 그 말을 뿌리치듯이 머리를 흔들고 벌떡 일어서서 부상자들이 모여 있는 곳으로 걷기 시작했다.

23

 평소의 은신처로 돌아온 우리는 기분이 가라앉아 뜬눈으로 밤을 새우며 앉아 있었다.

 "게트릭스는…, 무사하겠죠?"

 나는 확인하듯이 샬레인에게 물어보았다. 순간 하늘을 올려다본 그녀는 이내 눈을 감았다.

 (게트릭스는…, 유감스럽게도 이제 우리가 알고 있는 그 모습이 아니에요.)

 내 마음속에 샬레인의 목소리가 울려 퍼져왔다.

 "그 말은 죽었단 뜻인가요?"

 (유감스럽게도…, 그래요.)

 샬레인은 조용히 눈을 감은 채 고개를 떨궜다. 나도 한동안 고개를 숙이고 있었지만, 점점 기분을 억누를 수 없게 되자 조금 강한 어투로 벨킨에게 말했다.

"하지만 벨킨, 게트릭스는 '또 만나자!'고 했잖아."

"음, 분명 그랬지. 허나 그 말뜻은 이 육체를 잃어버린 후, 저쪽 세상에서 재회하자는 약속이었을 게다."

"그러면 벨킨, 넌 첨부터 이렇게 될 줄 알았던 거야?"

"그래, 아마 이렇게 되리라고 생각했었어."

"그럼 왜 그 역할을 내겐 말하지 않은 거지? 난 결국 없어질 몸인데. 여기에 없어도 되는 존재라고. 지금까지도 여기에 없었고. 샬레인님을 수호하려면 나보다 너희 둘이 필요했을 텐데."

샬레인이 즉시 대답했다.

(아니에요, 존. 당신은 당신의 또 다른 역할이 있어요. 당신은 여기에서 죽으면 안 돼요. 당신은 당신 자신으로 살아야 합니다. 게트릭스를 대신해서 사는 게 당신이 해야 할 일은 아닙니다.)

"전 모르겠어요. 게트릭스가 저기에서 죽고 당신의 오빠를 죽인 제가 여기에서 이렇게 살아 있는 걸 이해 못 하겠어요. 저보다도 게트릭스가 살았어야 했어요."

(어느 쪽이 살아야 한다, 어느 쪽이 죽어야 한다, 그런 게 아니에요. 모든 것은 그 자신의 영혼의 소리가 인도하는 겁니다.)

"하지만 아무리 생각해도 당신의 오빠를 죽인 저보다는 당신을 지켜 주던 게트릭스가 살 가치가 있어요!"

"그건 아니야, 존."

벨킨이 그 푸른 눈으로 조용히 나를 바라봤다.

"우리에겐 살 가치가 세 가지 있어."

"세 가지 가치?"

"그래, 세 가지 가치. 첫 번째는 '창조'하는 가치다. 자신의 행위로 뭔가를 만들어 내는 거지. 너의 경우는 갈도스와 화이트 킹을 쓰러뜨린 실적 자체가 어떤 의미에선 '창조' 가치인 셈이야."

"하지만 그건 뭔가를 만드는 게 아니라…."

"아니, 스스로의 행동으로 뭔가를 끝까지 해낸다는 가치다. 그러니까 그런 의미에서 보면 '창조' 가치인 거야."

벨킨은 이야기를 계속했다.

"두 번째는 '체험'하는 가치다. 네가 자유롭게 됐을 때 무엇을 느꼈지? 숲과 나무를 느끼고, 태양 그리고 세상을 느끼지 않았나?"

나는 주인님의 집을 뛰쳐나와서 느낀 숲과 나무들, 산들바람과 풀 내음…, 베렌산과 아마나 평원의 장대한 석양과 대자연의 교향악…, 신비롭게 에워싸인 룬 호수…, 그것들에 둘러싸여 엄청난 행복감과 일체감을 느꼈던 때를 떠올렸다.

"그래, 그것들과 일체가 됐을 때 영혼 깊은 곳에서부터 살아 있다는 기쁨을 느끼지 않았나? 그것이 '체험'하는 가치다."

확실히 그때는 살아 있어서 다행이다고 느꼈었지.

"마지막 세 번째는 '태도'에 따른 가치다."

"'태도'에 따른 가치?"

"그렇다. '태도'에 따른 가치. **어떤 상황에서든 자신의 영혼의 소리를 듣고 그 소리를 따라 긍지를 갖고 사랑으로 넘치는 자기 자신으로 있는 것. '이게 나다'라고 생각되는 나 자신으로 존재being하는 것. 그것이 '태도'에 따른 가치다.**"

벨킨은 조용했고 확신에 차 있었다.

"가령 '창조'나 '체험'하는 게 불가능해져도 마지막 순간까지 높일 수 있는 보편적인 가치가 '태도'에 따른 가치다. 게트릭스는 이 '태도'에 따른 가치를 마지막까지 관철하며 그 녀석 나름대로 최고의 영역까지 가치를 높인 거다."

"…"

"따라서 게트릭스의 그 행동과 그로 인한 결과를 인정하지 않는다는 건, 그 녀석의 '태도'에 따른 가치를 인정하지 않는 것과 같은 의미다. 그건 슬픈 일이겠지."

"…"

"갈도스와 화이트 킹도 마찬가지였겠지. 태도, 자세, 삶의 모습 그 자체가 자기 자신을 가장 가치 있는 숭고하고 거룩한 영역까지 높이는 거야."

"…."

얼마 동안 침묵 후 샬레인이 나에게 말했다.

(존, 자신의 영혼의 소리를 듣고 그 소리가 인도하는 대로 용기 있게 따라가는 겁니다. 자신을 인도하는 등불은 신체와 자아의 소리가 아니라 영혼의 소리랍니다.)

"그렇다는 말이다."

(지금은 게트릭스의 '영혼'에게 감사의 기도를 드립시다.)

우리는 조용히 눈을 감고 게트릭스의 영혼에게 기도를 올렸다.

게트릭스, 고마워. 정말로 고마워.

넌 조금 난폭했지만 최고로 즐겁고 멋진 녀석이었어.

저쪽 세상에 가서도 너답게 호쾌하고 건강하길….

우리가 기도를 마쳤을 때 샬레인이 천천히 고개를 들고 조용히 말했다.

(나는 가야 해요.)

제7장 마지막 전투 — 모든 것은 하나

24

시저는 깊은 상처를 입은 부하들 앞에 조용히 앉아 있었다. 그들은 내일 아침에 총살될 것이다. 시저는 마지막 순간까지 그들과 함께 시간을 보내기로 선택했다.

"사령관님…, 아니, 시저….”

마리우스였다.

"마리우스….”

마리우스는 마른 피로 범벅이 된 채 힘없이 고개를 들었다.

"시저, 우리는 죽게 되는 건가?”

"그래, 유감이지만 주인님이 그렇게 할 것 같다.”

시저는 고개를 숙이고 마리우스의 눈을 피했다.

"시저, 도와줘. 난 죽고 싶지 않아. 우린 어릴 때부터 함께였잖아? 부탁이야. 도와줘.”

"…."

"조금 다쳐서 잘 못 움직이는 건데 왜 죽어야 하지? 시간이 지나면 낫는다고. 내가 뭘 어쨌단 거야?"

"…."

"난 충분히 널 도왔잖아? 시저⋯, 우린 형제 아니야?"

"마리우스⋯, 아니 형⋯, 미안해. 형도 알고 있는 대로 이럴 때 주인의 명령은 절대적이잖아."

"그런 말 하지 말고 도와줘! 시저, 넌 '황제'잖아? 넌 내 동생이잖아? 형을 죽일 거야? 싫어, 죽고 싶지 않아! 시저!! 도와줘!!"

중상을 입은 개들이 그 목소리에 자극받아 처연히 울부짖기 시작했다.

"우⋯ 우⋯."

시저의 가슴은 터질 것 같았다.

그 슬픈 소리를 들었는지 캠프에서 사람 한 명이 걸어왔다.

"시끄러워! 이 쓸모없는 개새끼들!"

그렇게 말하며 칠흑 같은 밤하늘을 향해 총을 쏘았다.

"탕!!"

조용한 숲에 총소리가 울려 퍼졌다. 개들은 놀라 입을 다물었다. 그 사람은 시저를 보더니 화를 감추지 않고 성큼성큼 다가왔다.

"시저, 이건 네 책임이야. 네 탓이라고! 정말이지 이번엔 큰 손해를 봤어!"

그는 엽총을 치켜들고 시저의 머리를 후려갈겼다. 피하려고 하면 쉽게 피할 수 있었지만, 시저는 미동조차 하지 않고 가만히 맞았다. 적어도 그것이 스스로에 대한 벌처럼 느껴졌기 때문이다.

시저는 오른눈 위에 피를 흘리면서 사람을 지그시 바라봤다. 그 시선에 압도된 듯 그를 후려친 사람이 말했다.

"더러운 개새꺄! 뭘 빤히 칩떠보냐! 넌 쓸모가 있으니 죽이지 않고 놔두는 거야."

그는 끓어오르는 가래침을 퉤엑 내뱉고 캠프로 돌아갔다. 뒤에 남은 시저는 마리우스와 남은 동료 개들에게 말했다.

"미안하다. 정말 미안해. 이건 나의 책임이고 나의 작전 실패야. 사과한다고 될 일이 아니지만 정말로 미안하다."

마리우스와 부상을 입은 다른 개들은 고개를 숙이는 시저에게 말했다.

"사령관님, 아니 시저. 그렇게 사과하지 마. 우리는 네 밑에서 일했다는 걸 자랑스럽게 생각한다고."

"그래, 시저. 넌 우리의 자랑이야."

"사령관님 덕분에 우리는 전설이 될 수 있었으니까."

"모두들….."

시저는 고개를 들고 개들을 둘러봤다. 말라서 검붉어진 피가 온몸에 달라붙어 숨도 끊어질 것 같은 동료들…, 축 늘어져서 땅에 드러누운 채 죽음을 기다리는 동료들….

시저의 뇌리에 이 동료들과 함께 헤쳐 온 수많은 모험과 싸움의 장면들이 주마등처럼 떠올랐다. 마리우스도 조용히 말했다.

"시저, 흐트러진 모습을 보여서 미안하다. 근데 한 가지 부탁이 있어."

"뭔데?"

"우리를 절대 잊지 말아 줬으면 해….."

"잊을 수 있겠나…, 마리우스! 너희들 모두를 죽을 때까지 잊지 않겠다. 너희는…, 나에게도 자랑이었다."

시저의 가슴에서 뜨거운 것이 샘솟으며 눈물이 흘러나왔다.

"꼭 너희들의 원수를 갚겠다고 약속하마. 한 마리도 남기지 않고 반드시 죽이겠다."

"시저….."

마리우스와 동료들도 눈물이 흘러넘쳤다.

시저가 흐릿해진 눈으로 주위를 바라보니, 어느새 시저 군단의 모든 개들이 그곳에 모여 있었다.

"다들…, 고마워…, 정말로 미안하다…."

동쪽 하늘이 점점 밝아지고 있었다. 이제 곧 새벽이었다. 고개를 든 시저는 울다 지쳐 잠이 든 동료들을 바라봤다. 이들과 아침을 맞이하는 것도 오늘이 마지막이다. 시저는 앞으로 죽게 될 동료 개들의 얼굴을 한 마리씩 뇌리에 새겨 넣듯이 둘러봤다.

'너희를 결코, 결코 잊지 않으마….'

그때 갑자기 수풀 언저리에서 뭔가 움직이는 게 느껴져서 시저는 그쪽으로 시선을 돌렸다.

'뭐지?'

"존!"

그곳에 내가 서 있었다.

"쉿, 조용히 해! 시저!"

나는 목소리를 낮추고 시저에게 말했다.

시저는 나를 노려봤다.

"존, 네가 왜 여기에 있지? 날 비웃으러 왔나?"

"시저, 나도 여기가 상당히 위험한 곳임을 알아."

"그럼 여기에 왜 온 거야?"

"샬레인님이 가겠다고 해서…, 난 말렸는데."

"뭐라고…?"

"그녀는 말이지…, 굉장히 완고해."

나는 살짝 웃음을 띠고 뒤를 돌아봤다.

시저가 내 시선이 향하는 곳을 쳐다봤다. 수풀에서 은백색으로 빛나는 멋진 말과 흰 늑대가 조용히 모습을 드러냈다.

"너…, 넌! 무슨 일이냐!"

시저는 더욱 험악한 표정으로 샬레인에게 물었다.

샬레인은 그 말에 대답하지 않고 그곳에 있는 모든 자들의 마음에 말을 걸었다.

(저는 이제부터 여기 있는 모두를 치유하겠습니다. 괜찮을까요?)

시저가 경악스러운 표정으로 되물었다.

"왜지? 우리는 너희를 죽이려고 했는데. 실제로 외눈의 늑대는 우리가 죽였다. 왜 그런 짓을 하는 거지?"

(그게 제 역할이니까요.)

"역할이라고? 역할이란 게 뭔데? 왜 그런 일을 하는 거지? 우리는 적이라고!"

시저는 샬레인에게 눈알을 부라리며 쏘아붙였다.

샬레인은 조용히 그리고 천천히, 확신에 찬 표정으로 대답했다.

(우리에게는 적도 아군도 없습니다. 저는 당신이고 당신은

저입니다. 당신들의 상처는 저의 상처입니다. 당신들의 괴로움은 저의 괴로움이지요.)

"무슨 소릴 하는 거지? 이해를 못 하겠군. 우리를 치료하고 나면 우리는 다시 너희를 노릴 거야. 그리고 막다른 곳에 몰아넣고 죽일 거라고."

(상관없어요!)

샬레인은 의연히 대답하고 눈을 감았다. 그러자 그녀의 빛이 점점 강해졌다. 불가사의한 빛이 상처 입고 누워 있는 개들을 전부 감싸 안기 시작했다. 시저는 눈을 크게 뜨고 그 과정을 망연히 바라보았다. 치료할 개들이 많아서인지, 그녀의 빛은 내가 지금까지 본 것보다 몇 배나 더 컸다. 빛이 점점 더 크고 강해지면서 어마어마하게 밝아졌다. 시저는 빨려 들어가듯 그녀의 빛을 계속 보고 있었다.

뭔가 잘 될 것 같은 예감이 들었을 때, 조금 떨어진 곳에서 사람이 외치는 소리가 들렸다.

"뭐…, 뭐야! 이 빛은!"

'큰일 났다! 사람에게 들켰다!'

소리 나는 쪽을 휙 돌아보자 잠옷 차림의 사람이 놀란 표정으로 이쪽을 보고 있었다.

한동안 잠이 덜 깬 표정으로 빛을 보고 있던 사람이 퍼뜩 깨달은 듯 외쳤다.

"앗! 그 말이다!"

그리고 구르듯이 황급히 텐트 안으로 뛰어 들어갔다.

"큰일 났다!"

"존! 샬레인님을 부탁해!"

벨킨은 나와 스쳐 지나가며 그렇게 말하고는 사람이 들어간 텐트 속으로 돌격했다.

"으악! 늑대다! 도와줘!"

커다란 비명이 조용한 숲에 울려 퍼졌다. 다른 텐트에서 당황한 사람들이 잠옷 차림으로 한 손에 총을 들고 줄줄이 나타나 벨킨이 들어간 텐트를 둘러쌌다.

벨킨이 일으킨 소동 덕분에 샬레인은 아직 발각되지는 않은 것 같았다.

"빨리…, 빨리…!"

나는 샬레인 옆에 서서 사람들의 움직임을 주의 깊게 감시했다. 시저는 일어서서 목을 꼿꼿이 세우고 사람들 쪽을 보고 있다. 하지만 사람을 부르려고 하지는 않았다.

사람들 중 하나가 이쪽 상황을 눈치챘다.

"뭐야, 저건! 말이다! 저번에 그 말이 있다!!"

사람들이 일제히 이쪽을 돌아봤다.

'큰일 났네! 들켰다!'

샬레인의 치료는 아직 조금 시간이 걸릴 것 같았다. 사람들은 저마다 욕설을 내뱉으며 벨킨이 있는 텐트에서 잇따라 이쪽으로 다가왔다. 전부 다섯 명. 다들 총을 들고 있었다. 그녀는 치료 중이라 움직일 수 없었다.

'어떻게 하지? 어떻게 하지? 이대로라면 샬레인이 총에 맞아 죽게 될 거야!'

"제1소대, 우측부터 순서대로 맞서라! 다리와 총을 겨냥해라!"

돌연 시저의 목소리가 울려 퍼졌다. 그곳에 있던 여러 마리의 개들이 각각 일사불란한 움직임으로 사람들을 향해 달려갔다.

"다음, 제2소대! 돌격 앞으로!"

시저가 냉정하게 명령을 내렸다.

"으악! 뭐야 이 개들은!"

개들이 어금니를 드러내고 사람들의 팔과 다리를 물고 늘어졌다.

"물지 마! 아프다고!"

"젠장, 이 개새끼들이!"

"탕!"

조용한 아침, 숲속에 총소리가 울려 퍼졌지만 당황하며 쏜

탓인지 총알은 아무에게도 맞지 않았다.

시저!

시저와 눈이 마주쳤다. 시저는 가볍게 끄덕이더니 다시 뭔가를 찾듯이 눈여겨 주위를 살펴봤다.

"부스럭부스럭!"

치료 중인 샬레인의 등 뒤에서 갑자기 수풀이 움직였다.

'누군가 있어!!'

수풀에서 사람이 총을 준비하고 나타났다. 총은 똑바로 샬레인을 겨누고 있었다.

'안 돼! 늦었어!'

그렇게 생각한 순간 검은 그림자가 내 눈앞을 스치듯이 가로질렀다.

"탕!"

총소리가 울려 퍼졌다.

'당했다!!'

빛을 내뿜는 샬레인을 돌아보자 웬걸, 그녀는 무사했다!

'왜지? 그 총은 확실히 샬레인을 겨누고 있었는데…!'

샬레인 앞에 검은 그림자가 웅크리고 있었다.

'시저!! 시저가 샬레인을 대신해 총탄을 맞았나?!'

시저는 입에서 피를 흘리며 외쳤다.

"존! 긴장을 늦추지 마! 저놈한테서 총을 뺏어!"

"내게 맡겨!"

나는 그 사람을 향해 돌진해서 다리를 물고 늘어졌다.

"아얏! 이 똥개가!!"

총알을 넣을 시간이 없었는지, 그 사람은 나를 향해 머리 위로 높이 총을 쳐들었다.

내 정수리에 개머리판이 내리 찍혔다.

"퍽!!"

눈에서 불꽃이 튀고 나는 땅에 쓰러졌다. 몽롱해지는 의식 속으로 샬레인의 모습이 떠올랐다.

샬레인의… 봄의 산들바람 같은 목소리….

샬레인의… 자애로 가득 찬 눈동자….

샬레인의… 미소….

샬레인의… 시원스럽게 달리는 아름다운 모습….

죽이게 놔둘 것 같아?

죽이게 놔둘 것 같아?

죽이게 놔둘 것 같냐고!

절대 안 그래!

절대로!

내가 샬레인을 죽이게 놔둘 것 같아?

죽이게 놔둘 것 같냐고!

나는 이를 악물고 비틀비틀 일어섰다.

그 사람은 총을 준비하고 나를 겨눴다.

"일단은 너부터 쏴 죽여 주마!"

"탕!"

그가 방아쇠를 당기는 순간 시저가 달려들어 다리를 물었다. 총알은 공중으로 날아갔다.

"아, 아프다고!"

그 사람이 부상 입은 시저를 난폭하게 걷어찼다. 시저는 피를 흩뿌리며 쓰러졌다.

이때다 싶어서 내가 그 사람의 팔을 물고 늘어지자 그는 엽총을 떨어뜨렸다.

"아악, 젠장!!"

그 사람은 나를 떼어 내려고 팔을 마구 흔들어 댔다.

'내가 놓을 것 같으냐! 놓을 것 같냐고!'

나의 송곳니가 그의 팔에 깊숙이 파고들었다.

"으으윽…, 이 똥개 새끼!"

그 사람은 품속에서 권총을 꺼내 내 가슴에 쏘았다.

"탕!"

가슴속이 폭발한 것처럼 뜨거워졌다.
'놓지 않아!
놓지 않아!
절대로 놓지 않아!'
나는 주문을 외우듯 마음속으로 계속 외쳤다.
'죽이게 놔둘 것 같아?
죽이게 놔둘 것 같아?
죽이게 놔둘 것 같냐고!
지킬 거야!
지킬 거야!
꼭 지킬 거야!!
지킨다!!'

"이걸로 끝이다!!"
그는 권총을 다시 준비하고 내 이마에 들이댔다. 시저가 또
다시 그의 다리를 물고 늘어졌다.

"탕!"

시저에게 물려서 조준이 빗나갔을까. 내 오른쪽 귀가 찢겨 휙 날아갔다.

"이…, 이 새끼가!"

그 사람은 시저를 걷어차고 다시 한 번 내 가슴에 총구를 들이대고 외쳤다.

"뒈져!"

고막이 찢어질 듯한 총소리와 함께 화약 냄새, 그리고 타는 듯한 아픔이 온몸을 관통했다. 가슴에서 뜨거운 피가 콸콸 쏟아졌다. 하지만 내 이빨은 더욱더 깊숙이 인간의 팔을 파고들어 갔다….

'노…, 놓을 것 같으냐…? 죽어도 안 놓는다….'

점점 의식이 멀어져 갔다.

'이대로 죽는 걸까…. 음, 나쁘지 않은 일생…이었다…. 난 만족…한…다….'

다음 순간 엄청난 굉음과 포효가 울려 퍼지고 대지가 진동했다. 숲속 나무들이 거대한 폭풍에 날려 버려서 바람이 회오리쳐 올라가는 광경을 멀어지는 시야 끝으로 받아들이며 내 의식은 캄캄해졌다.

25

문득 정신이 들자 나는 아름다운 초원 속을 걷고 있었다.

'어라, 이상하네? 조금 전까지 숲에 있었는데…, 맞다! 샬레 인님은 어떻게 된 거지?'

두리번두리번 주위를 살펴봤지만 아무도 없었다. 주위에 펼쳐져 있는 연초록 풀들은 저마다 생명을 노래하듯이 눈부시게 빛나고 있었다.

'우와, 끝내준다! 안 돼, 안 돼…, 여긴 어디지?'

얼핏 보니 약간 높은 언덕 건너편에 그럴싸한 꽃밭이 펼쳐져 있었다.

'우와…! 어쩜 이렇게 아름다울까…? 마치 천국 같다…. 응? … 천국?'

나도 모르게 멈춰 서서 내가 한 말을 되풀이했다.

'여기는… 천국? 그럼 역시 나는 죽은 건가?'

당황해서 다시 주위를 둘러봤다.

'하지만 난 여기 이렇게 서 있는데?'

나는 땅을 딛고 서 있는 발을 바라봤다. 확실히 내 발은 풋풋한 풀 위에 단단히 서 있었다.

'잘 모르겠지만 저쪽으로 가 보자.'

꽃밭 속을 걸었다. 빨강, 노랑, 주황, 보라 빛깔의 아름다운 꽃들이 가득 피어 있는 언덕을 따라 농밀하고 상쾌한 향기가 감돌았다. 풀들은 촉촉이 젖어 있어 발바닥에 닿는 느낌이 좋았다.

'만약 여기가 천국이 아니라면 모두에게 여길 가르쳐 줘야지.'

한참을 걷다 보니 저 멀리 작은 시내가 보였다.

'시냇물이다! 가 보자!'

졸졸 흐르는 시냇물 소리가, 그 싱그러운 물내음이 나를 감싸기 시작했다.

첨벙첨벙 얕은 물에 들어갔다. 적당히 차가웠고 굉장히 기분 좋았다.

'목이 마르네~.'

손바가지로 꿀꺽꿀꺽 물을 마셨다.

'맛있어~!'

지금까지 마신 적이 없는 깨끗한 물이었다. 마치 몸의 세포 하나하나에 따뜻한 태양과 우주의 에너지가 깊이 스며드는 것 같았다.

'어쩜 이리 맛있을까.'

고개를 들어 주위를 둘러봤다. 그러자 맞은편 언덕에 뭔가 움직이는 그림자가 눈에 들어왔다.

'누군가 있다!'

나는 그림자가 보인 쪽으로 달리기 시작했다. 시냇물은 점점 깊어져서 발이 바닥에 닿지 않을 것 같았다.

'헤엄쳐서 가는 수밖에 없겠군….'

그렇게 생각하고 있을 때, 건너편 언덕에서 목소리가 울려 퍼졌다.

"이쪽으로 오지 마, 존!"

따스하고 그리운 목소리가 울려 퍼졌다. 황급히 소리가 나는 쪽을 쳐다보니, 늑대 한 마리가 서 있었다.

'앗, 다르샤! 저건 다르샤! 틀림없어!'

"존, 오지 마. 이쪽에 오면 안 돼. 곧장 네가 있던 언덕으로 돌아가."

"다르샤! 다르샤잖아!"

나는 그가 말한 대로 내가 있던 언덕으로 돌아갔다.

"다르샤, 그 후로 여러 일들이 있었어. 네게 하고 싶은 애기가 너무 많아."

다르샤는 만족스러운 듯 징거운 미소를 보냈다.

"존, 싹 다 보고 있었어. 너희들 일은 이쪽에서 모조리 봤다고."

"이쪽?"

"그래, 이쪽 편 말이야. 너네도 들은 적 있겠지? 이 시내가 그 유명한 '삼도내[三途川]'야. 삼도내를 건너서 이쪽으로 오면 다시는 저쪽으로 돌아갈 수 없게 돼."

"그럼 내가 죽었단 말인가?"

"아, 맞아. 반은 죽고 반은 살아 있다고 해야 하나?"

"솔찬히 이도 저도 아닌 상태군, 나는."

"그래 맞아, 솔찬히 이도 저도 아니야."

다르샤는 내 말을 따라 하더니 하하하 웃었다.

"존, 너는 아직 이쪽에 오면 안 돼. 아직 할 일이 있잖아?"

"아니, 하지만 난 당장이라도 그쪽으로 가고 싶은데…."

"존, 너의 영혼의 소리는 그걸로 됐다고 말하고 있나?"

"영혼의 소리…?"

"네 영혼은 '이제 됐어, 이제 충분해.'라고 말하고 있나?"

나는 고개를 들어 넓고 아름다운 하늘을 보며 나의 영혼에게 물었다.

'영혼이여…, 영혼이여….'

그러자 희한하게도 금방 대답이 들렸다. 그것도 굉장히 명쾌하게.

(지금부터야.)

지금부터?

(그래, 지금부터. 죽는 거라면 언제든지 할 수 있어. 모처럼 육체와 생명을 가지고 세상에 나타났으니까 더더욱 살지 않으면 아깝잖아? 여러 가지를 느끼고 여러 가지를 배우며 이 세상과 나 자신을 열심히 체험하고 싶어! 그게 내가 태어난 의미야!)

"존, 네 영혼의 소리가 들렸나?"

"아아, 들렸어. 확실히 들렸어."

"그거 잘됐네. 영혼의 소리가 들렸다면 안심이다."

"다르샤…."

"자, 기다려. 이야기는 네가 이쪽에 온 후에도 충분히 할 수 있어. 아무래도 이쪽에는 시간이란 게 없으니까 말이야. 지인들도 엄청 많고."

다르샤는 뒤를 돌아봤다. 그의 시선 끝을 좇아가자 숲속에서 아는 얼굴이 잇따라 나왔다.

"게트릭스!"

"야, 존! 고마워. 보다시피 난 잘 있어."

게트릭스는 안 어울리게 웃으며 말했다. 자세히 보니 왼쪽 눈이 있었다.

"게트릭스! 왼눈이 있네!"

"하하하!"

게트릭스는 호쾌하게 웃었다.

"그래, 말한 대로야. 한쪽 눈만 있으면 여러모로 부자유스럽지. 그리고 이게 남자답잖아. 샬레인님과 벨킨 녀석에게도 소식 전해 줘."

게트릭스 뒤에 은백색으로 빛나는 커다란 말이 서 있었다.

"화이트 킹!"

"존, 너와 이렇게 말할 수 있어서 기쁘군. 밀린 얘기는 네가 이쪽에 온 다음에 하자. 일단 내 여동생에게 안부나 띄워 주렴."

화이트 킹은 미소 지었다. 그 옆에는 바위처럼 큰 멧돼지가 서 있었다.

"갈도스!"

갈도스는 낮게 울려 퍼지는 목소리로 말했다.

"존, 나는 이렇게 되리라곤 생각도 못 했지만…, 기쁘다. 정말로 기뻐. 기회가 된다면 아버지와 앙가스에게 기별이라도 넣어 주게나."

"예전에 코우자와 앙가스한테 신세를 졌어."

"그랬나? 잘됐군."

"화이트 킹…, 갈도스…, 그때는… 정말로 미안하게 됐다."

"그쪽 세계의 일은 이미 잊었다. 신경 쓰지 마."

갈도스가 대답했다.

"하지만…."

내 망설임에 응답하듯이 화이트 킹이 입을 열었다.

"모든 것은 필연이다. 네가 살고 있는 세상에서 일어난 일은 전부 서로의 영혼의 계획이지. 모든 것은 체험에 의한 배움과 놀이요, 우리는 서로의 연극 대본을 연기하는 배우란다. 그러니까 그쪽 세상에 있을 때는 그 연극을 즐기는 거야. 난 충분히 즐겼으니 아무런 후회도 없다."

"나도 그렇다."

갈도스가 말했다.

"하지만…."

갈도스가 나에게 말했다.

"넌 내게 '선택'을 배울 기회를 준 것이다. 영혼의 소리를 듣고 그 소리를 따라 행동할지 말지의 '선택'할 기회를. 네 덕분에 나는 영혼의 소리를 따라서 자신이란 존재를 높이는 경험이 어떤 것인지 체험할 수 있었단 말이다."

"그래도…."

"훗, 고집쟁이 녀석. 그럼 이 말을 네게 해 주지. 잘 들어라, 존."

나는 깜짝 놀라 갈도스를 쳐다봤다.

"난 널 용서한다. 네가 내게 했던 일을 전부 용서하지."

화이트 킹도 말했다.

"나도 널 용서할게. 네가 내게 한 일을 싹 용서할게."

"용서…."

"존, 너는 우리의 형제야. 우린 동료라고. 영혼의 동료지. 그걸 생각해."

"그래, 동료야."

갈도스와 다르샤도 목소리를 모아 말했다.

내 가슴이 확 뜨거워졌다. 굵은 눈물이 뚝뚝 떨어졌다. 마음속에서 영혼이 '그래! 그래! 생각났어!'라고 외치고 있었다.

"그 눈물과 함께 자신을 탓하는 죄책감을 씻어 버리면 된다. 죄책감은 무의미해."

화이트 킹이 말하자 게트릭스가 이어서 말했다.

"죄책감 같은 건 필요 없어. 아무런 도움도 안 된다고."

다르샤가 나를 따뜻한 눈으로 바라봤다.

한동안 눈물을 흘리고 나자 신기하게도 개운해졌다.

"다들 고마워! 나는 나의 세상으로 돌아갈게. 너희 모두와는 또 만날 수 있으니까."

맞은편 언덕에서 모두가 다정히 끄덕였다.

"그럼 또 만나."

그 순간 마치 커다란 파도에 휩쓸리듯이 주위 풍경이 빙글빙글 돌기 시작했다. 다르샤와 게트릭스가… 시내가… 꽃밭이… 초원이… 무지개처럼 아름다운 빛의 테두리를 빠른 속도로 획획 뚫고 지나갔다.

'으앗!'

어렴풋이 눈을 떴다. 벨킨의 근심 어린 얼굴이 희미하게 흔들렸다.

"오, 눈을 떴군."

26

"여…, 여기는…?"

"괜찮아. 사람은 한 명도 없어."

"나는… 죽은 게 아니었나?"

"총에 맞은 너를 샬레인님이 치유해 주셨다. 위험했어. 아슬아슬했다니까. 하마터면 죽을 뻔했어."

"그랬군…."

"하지만…, 유감스럽게도…."

"응? 유감?"

"네 오른쪽 귀는 돌아오지 않았다."

벨킨은 그렇게 말하고 씩 웃었다. 내 오른쪽 귀 끝은 찢어져서 없었다.

"왜? 왜 사람들이 없어진 거야?"

그러자 벨킨의 맞은편에 거대한 검붉은 발이 눈에 들어왔다. 반사적으로 그 발 위를 올려다보니…, 거기에는 그답지 않게 만면에 미소를 띤 조박이 나를 보고 있었다.

"조박!"

"야, 존."

"…, 어떻게 여기에?"

조박이 자기 어깨에 앉아 있는 올빼미에게 시선을 돌렸다. 이 올빼미, 어디선가 본 적이 있었다.

"앗! 그때 그?"

그래, 그 올빼미는 치카루에서 레구두 숲으로 가는 길에 만났었다!

"그래, 나야. 닷지."

"그래…, 닷지. 근데 어떻게?"

"말하면 길어지지만 뭐, 치카루에서 만난 쿠요라는 늙은 쥐가 조박을 여기로 데리고 가라며 부탁하더라."

"쿠요가!"

"그래."

조박이 끄덕이며 계속 말했다.

"인간은 한 명도 남김없이 전부 쫓아 버렸다."

나는 의식을 잃기 직전에 어렴풋이 본 광경을 떠올렸다.

'그렇구나, 그 엄청난 외침 소리와 폭풍 같은 거센 바람은

조박의 것이었구나!'

"고마워요, 조박!"

조박은 만족한 듯 끄덕이며 말했다.

"아니야. 나도 저 백마에게 갚아야 할 은혜가 있다."

조박은 옆에 앉아 있는 샬레인에게 시선을 돌렸다.

"샬레인님께?"

"그렇다. 내가 서쪽 숲에서 패배한 애길 기억하고 있나?"

"그럼요."

"그때까지 난 '공포'에 지배당하고 있었다. 공포를 따르며
살아가고 있었지. 그런데 내가 뭔가를 적으로 규정하면 그
'태도' 자체가 적을 만들어 내게 된단다. 그 악순환이 영원히
계속되지. 난 그걸 알지 못했어. 난 공포와 싸움의 소용돌이
에서 살아가고 있었던 거야."

"공포와 싸움의 소용돌이…."

"그 공포와 싸움의 소용돌이에서 나를 해방시켜 준 건 샬
레인의 어머니다. 내 마음을 강하게 움직인 것, 그것이 무엇
인지 일단 한 번 깨달으면 그때부터 자유로워질 수 있다. 잘
익은 과일이 땅에 떨어지듯이 그냥 떨어져 나가는 거지. 그건
포기가 아니다. 거기에는 아무런 갈등도 저항도 집착도 싸움
도 없지. 어둠은 빛이 닿으면 사라질 뿐…. 그저 어둠이 떨어
지는 거야."

"떨어진…다고요?"

"그렇다. 그리고 난 이해했어. '공포'와 '불안'에 맞서서 뛰어넘는 힘은 '용기'뿐만이 아니라, 하나 더 커다란 힘이 있다는 것을. 그 말을 기억하고 있나?"

"네, 기억하고 있습니다."

"이제 그게 뭔지 알았나? 존."

나는 눈을 감았다.

'공포를… 뛰어넘는 힘….'

나는 샬레인을 떠올렸다.

'왜일까? 어째서 두렵지 않았을까? 적이 한창 나를 노릴 때 뛰어 들어가다니…. 어째서 그렇게 할 수 있었을까? 불안에 떨지도 않았고 용기를 쥐어짠 느낌도 아니었다. 그래, 지극히 평범하고 자연스럽게 평소처럼…, 전혀 망설임도 없이….'

문득 눈을 뜨자 조금 떨어진 곳에서 이쪽을 보고 있는 샬레인과 눈이 마주쳤다.

그 순간 나는 다정함과 자애로움으로 가득 찬, 높고 미세한 에너지의 파동에 감싸였다. 내 몸 깊은 곳에서 뭔가가 올라와 가슴 부근에서 그 에너지 파동과 이어지더니 지잉 울렸다.

'사랑…! 그래…, 이건 사랑이다! 아니…, 이게, 이게 사랑이었구나!'

샬레인은 기쁜 듯이 천천히 끄덕였다.

"뭔지 알겠어…, 조박! 그건…, '사랑'이었어요."

"그렇다, 사랑이다."

조박은 만족한 듯 콧구멍을 벌름대며 후우 하고 공기를 내뿜었다.

"사랑은 가장 강력한 힘이다. 아니, 사랑이야말로 최강이라 할 수 있지."

"사랑은… 최강…."

"**말 그대로다. 감정이란 거슬러 올라가다 보면 두 개로 집약된다. 그것은 사랑과 두려움이다.**"

조박은 나를 내려다보며 말을 계속했다.

"존, 네가 했던 행동이 어느 쪽 뿌리에 연결되어 있는지 알겠나?"

"나의… 행동?"

"그렇다. 샬레인을 지키기 위해 네가 했던 행동 말이다."

그래, 그때 나는 정신없이 뛰어들었다. 샬레인을 지키고 싶었다. 목숨과 바꿔서라도 지키고 싶었다. 샬레인의 미소, 샬레인의 목소리, 샬레인의 모습… 모두, 전부 사랑스러웠고 반드시 지키고 싶었다.

"네가 취한 행동, 그것도 '사랑'이란 걸 알겠나?"

"그것이… 사랑. 그런가. 사랑이었군."

"다만 존이여. 너는 아직 사랑을 한 번 언뜻 보았을 뿐이다.

진정한 사랑을 알려면 진정한 자신을 알아야만 한다. 분명 그것이 다음 여행이 될 거다."

"다음 여행…."

(저를 지켜 줘서 고마워요, 존…)

"아닙니다. 샬레인님, 저야말로 감사했습니다."

나는 그렇게 말을 마치고 급히 눈을 뜰 때까지 내가 보던 광경을 떠올렸다.

"맞다! 벨킨, 나 게트릭스를 만났어!"

"호오, 존. 저쪽 세상을 슬쩍 엿보고 왔구나… 그 녀석은 어떤 모습이었나?"

"게트릭스는…, 역시 게트릭스였어. 맞아, 맞아, 그런데 왼눈이 있었어. 그편이 남자답다면서 웃더군."

"하하하! 그래? 그 녀석답군."

벨킨과 조박, 그리고 샬레인도 함께 큰 소리로 웃었다.

"그렇군. 다행이다. 다행이야. 그쪽에서 왼눈이 돌아온 건가. 뭐, 게트릭스를 그렇게 만든 건 나니까."

조박이 웃으면서 말했다.

"네? 게트릭스의 왼눈을 못 쓰게 만든 게 당신이었나요?"

"아아, 옛날에 이런저런 일들이 있었거든."

조박 대신 벨킨이 대답하고, 그립다는 듯이 조박과 눈을 마주 봤다.

"맞다, 샬레인님. 화이트 킹이 안부를 전해 달라고 했습니다."

화이트 킹과의 대화를 떠올리자 코끝이 찡해졌다.

(고마워요, 존. 오빠도 만났군요. 만나서 다행이네요.)

샬레인은 나와 화이트 킹이 어떤 대화를 했는지 전부 알고 있는 듯이 고개를 끄덕였다.

"맞다, 시저와 다른 개들은 어떻게 됐나요?"

그러자 벨킨이 약간 떨어진 풀 위를 코로 가리켰다.

눈길을 그곳으로 돌리자 시저의 부하들이 뭔가를 둘러싸고 말없이 앉아 있었다.

"…."

"오오~."

얼마 후, 환성과 함께 한가운데에서 검은 개가 일어섰다. 그건 시저였다!

27

  시저는 천천히 이쪽을 향해 걸어왔다. 발걸음은 약간 비틀거렸지만, 눈빛은 여전히 날카롭게 빛났다. 그의 부하들은 우리를 향해 혼자 걸어가는 그를 조용히 바라보고 있었다. 그는 우리 앞에 멈춰 서서 나를 흘끗 보더니 천천히 샬레인에게 입을 열었다.

  "일단 인사를 하겠소. 부하들의 목숨을 구해 줘서 감사하오. 나의 목숨도, 감사하구려."

  (아니에요, 제가 할 수 있는 일을 한 것뿐이니까요. 저야말로 지켜 주셔서 감사합니다.)

  샬레인이 시저 일행 전원의 마음에 대답했다. 시저는 의아한 표정을 짓고 말했다.

  "그런데 왜 이런 일을 하는가. 나는 도무지 이해가 안 가는

데. 우리를 낮게 해 주면 또 노릴 거란 생각은 안 했나?"

(아, 그런 일도 있으리라고는 생각했습니다.)

"그럼 왜지? 왜 이런 일을 하는가?"

(그게 저이기 때문입니다. '저'라는 존재이기 때문이지요.)

"'나'라는 존재?"

(그렇습니다. 그것이 저이고, 제 영혼의 소리입니다.)

"영혼의 소리….'

나도 모르게 중얼댔다.

"적을 치유하는 것이 영혼의 소리라고요?"

(이 세상에는 '적'도 '아군'도 없습니다.)

"무슨 말을 하는가? 이 세상은 약육강식이다. 강한 것, 우수한 것이 이겨서 살아남고 약한 것, 열등한 것이 사라져 가지. 살아남기 위해서는 이기는 수밖에 없어. 적을 쓰러뜨리는 수밖에 없어. 제거하는 수밖에 없다고. 자신에게 위해를 가하려고 하는 존재는 전부 '적'이 아닌가!"

(시저, 이 세상에는 적도 아군도 없고, 우수한 것도 열등한 것도 없어요.)

"말도 안 돼! 무슨 말을 하는지? 그러면 우리를 치료하고 그 후에 우리에게 죽으면 어떻게 할 건데?"

(그때 일은 그때 일입니다. 그렇게 됐다는 그저 그것뿐인 일이지요.)

"그건 완전히 틀린 말이야!"

샬레인은 한 번 숨을 크게 들이마신 후 말을 이어갔다.

(우리가 보고 체험하고 있는 세상은 커다란 전체의 일부에 지나지 않습니다. 그리고 우리도 그 커다란 전체의 일부입니다. 우리는 스스로 생각하고 느끼는 것보다 좀 더 커다란 존재입니다.)

"…?"

(우리는 위대한 하나의 존재를 표현하는 각각의 '개성'에 지나지 않습니다.)

"위대한 존재, 각각의 개성?"

(아득한 옛날, 우리는 단 하나의 위대한 존재였습니다.)

"단 하나의?"

(네, 그래요. 우리는 하나의 존재로부터 태어났습니다.)

"…?"

(영원의 시간이 흐르던 어느 날, 그 단 하나의 위대한 존재는 자신이란 존재를, 자신을 알고 싶다고 생각했지요.)

"자신을 알고 싶다…."

(그래요, 시저. 당신도 자신을 알고 싶어서, 자신이란 존재를 이해하고 싶어서 열심히 살아온 거죠?)

"그, 그럴지도 몰라. 내가 나로서 어디까지 갈 수 있을지, 나는 도대체 무엇인지, 알고 싶었던 건 사실이야."

(시저, 당신은 당신의 얼굴을 볼 수 있나요?)

"얼굴…, 글쎄. 물이나 얼음, 인간들의 거울처럼 빛나는 판에 비친 모습이라면 볼 수 있는데…."

(그래요, 우리가 자신을 알려면 외부의 눈으로 보는 것도 필요해요.)

"외부의 눈?"

(네, 위대한 존재는 자신의 얼굴을 바깥에서 보기 위해 자신을 분리했어요. 즉 보는 자와 보이는 자로 나눈 거예요. 위대한 존재는 스스로 분리함으로써 자신을 바깥에서 바라볼 수 있게 되었고 더욱 자세히 알 수 있게 되었죠. 이렇게 위대한 존재가 스스로 분리한 이야기가 시작된 거지요.)

"분리…."

(위대한 존재는 자신을 모든 것으로 분리해서 모든 것이 되었습니다. 그렇게 직접 모든 것이 됨으로써 각 존재를 체험하는 동시에 외부에서 관찰했지요. 그런 식으로 자신을 더욱 자세히 알기 위한 작업에 열중했습니다. 돌이란 어떤 존재일까. 공기란, 식물이란, 벌레란, 동물이란, 흙이란, 구름이란, 태양이란, 별이란…. 모든 것이 위대한 존재가 자신을 알기 위해 분리해서 만든 위대한 존재의 일부입니다.)

"…."

(그리고 위대한 존재는 어느 날 당신이 되었지요.)

"내가…?"

(그리고 저도 되었습니다.)

"…."

(그래요, 시저. 저도 당신도 위대한 존재의 일부에요.)

"기다려 봐. 잘 이해가 안 되는데…. 그러면 왜 거기에 우열이 발생하지? 왜 이기는 자와 지는 자, 살아남는 자와 죽어가는 자가 생기는 거냐고? 모든 게 똑같이 하나라면 거기엔 평등하고 공평한 세상만 있어야 하는 거 아니야? 모두가 웃고 평화롭게 살아가는 그런 꿈같은 옛날이야긴 환상이라고."

(진정한 세상, 진리의 세상에는 우열이 없습니다. '적'도 '아군'도 없고요. 그건 그저 단순한 개성과 역할의 '차이'이고, 당신이 생각하는 것처럼 우열과 '이기고 지는 것'은 존재하지 않아요. 왜냐면 기원을 더듬어 가 보면 모든 건 하나의 존재being이니까요. 우리 하나하나의 존재는 커다란 존재의 별개의 측면을 제각각 표현하고 있는 것뿐입니다.)

"모르겠어. 이해를 못 하겠어."

(그러면 하나 물어볼게요. 당신의 오른다리와 꼬리는 똑같나요?)

"무슨 말을 하는 거지? 같을 리가 없잖아."

(그러면 당신의 오른다리와 꼬리는 어느 쪽이 우수하고 어느 쪽이 열등한가요?)

"그야 각각 역할이 다르니까 그런 기준으론 말할 수 없지."

(그러면 당신의 오른다리와 꼬리는 당신의 일부인가요?)

"그렇지. 몸통으로 이어져 있지. 그런데 그게 도대체 무슨 상관이지?"

(우리는 제각각 오른다리이고 꼬리입니다. 우리는 위대한 존재라는 근원과 모두 이어져 있는 겁니다.)

시저는 심히 의아한 표정을 지으며 고개를 갸웃거렸다.

"?"

(위대한 존재라는 전체를 보면 당신은 오른다리이고 저는 꼬리입니다. 다만 그렇게 연결된 것을 잊고서 오른다리와 꼬리가 각각 분리되어 있다고 믿어 버리는 겁니다.)

"분리…."

(즉 오른다리와 꼬리가 서로 싸우고 경쟁하며 서로 죽이고 있다는 겁니다.)

'그러면 어느 쪽이든 다 죽고 말 텐데….'

(그러므로 누구에게 상처를 준다는 것은 자기 자신을 상처 입히는 것과 똑같은 겁니다.)

"…."

(저는 '치유하는' 특수한 힘을 받았습니다. 그리고 제 영혼은 이 힘을 사용하고 싶다고 말하고 있습니다.)

"하지만…, 우리는 적이 아닌가."

(우리는 하나입니다. 제가 치유하고 있는 것은 당신이면서 '저 자신'이기도 합니다.)

"우리는 하나…, 난 모르겠군."

"검은 개여, 즉 다른 이를 상처 입히는 것은 자기 자신을 상처 입히는 것과 똑같은 의미란 거네."

조박이 시저에게 말했다.

"네가 그 '붉은 마수'인가?"

"그렇게 불리던 시기도 있었지."

"그런데…."

나도 엉겁결에 말을 걸었다.

"시저, 너도 영혼의 소리가 들린 거잖아?"

시저가 돌아봤다.

"영혼의 소리?"

"그래, 영혼의 소리 말이야. 그래서 샬레인님을 구하기 위해 총 앞으로 뛰어든 거 아니었나?"

"분명…, 그때는…."

시저는 이야기를 시작하더니 말을 계속했다.

"그때는 어디선가 '그렇게 해야만 해'라는 목소리가 들려왔어."

"그게 아마 영혼의 소리일 거야. 너도 들은 거라고. 영혼의 소리를!"

"그게…, 영혼의 소리…인가….."

벨키이 말했다.

"영혼의 소리를 한 번이라도 들으면 그 소리를 거스를 수 없어. 한 번이라도 들으면 결코 사라지지 않거든. 들리지 않게 하면 할수록 괴로워지지. 시저, 넌 영혼의 소리를 들은 거야."

"너는 자신이 한 행동을 후회하나?"

조박이 시저에게 물었다.

"후회? 아니, 후회는 전혀 없어."

"그럼 지금 어떤 기분이지?"

"기분이 너무 좋아. 아주 개운해."

"영혼의 소리를 따르며 살아간다는 건 그런 기분으로 살아가는 거야. 그런 존재being로 살아간다는 말이지. 어때, 기분 좋지?"

"아아, 확실히 그래. 굉장히 기분이 좋아. 이런 개운한 기분은 처음인지도 모르겠군."

"그게 에고의 소리가 아닌 영혼의 소리를 들으며 살아가는 거야."

"에고의 소리가 아닌 영혼의 소리…."

"에고의 소리는 자기를 몰아세워. 불안과 두려움, 분노와 집착, 우월감과 열등감에 시달리지. 하지만 영혼은 달라. 영

혼의 본질은 자유이니까."

시저는 샬레인에게 말했다.

"저번에 나보고 상처 입었냐고 했었지?"

(네, 그랬죠. 우리를 공격하고 상처 입히고 죽이지 않으면 치유되지 않을 정도로 당신은 상처 입고 있다고 했었죠.)

"난 지금 그 말을 조금 이해한 것 같은 기분이 들어. 난 상처 입고 있었는지도 몰라."

"말해 보게."

조박이 물었다.

"나는 나의 존재 이유를 몰랐다. 살아 있는 의미를, 태어난 이유를 몰랐지. 어릴 때 나는 그런 것만 생각하는 특이한 아이였다. 하지만 어느 날 나는 결심했다. 이 망설임, 아니 괴로움이었을지도 몰라. 이것을 불식하려면 최고로 강하다는 칭호를 얻어야 한다, 그 방법밖에 없다고 말이야. 나는 최고로 강한 자가 되기 위해 태어난 거라고 살아 있는 목적을 정했다. 제일 강한 자가 된다면 이 망설임이나 괴로움에서 벗어날 수 있을지도 모른다고…. 자신이 제일 강하다고 느끼고 주위에서 그렇다고 인정받는 것, 전설이 되는 것, 거기에서 결핍되어 있던 존재 이유를 구하려 했는지도 모른다. 최고 강한 자가 되는 것, 그걸로 존재 이유를 가득 채우려고 했었는지도 몰라. 그 외눈의 늑대가 말한 대로 말이야."

"검은 개여, 사실은 어떻게 하고 싶은가?"

"…, 모르겠어. 지금은 모르겠어."

벨킨이 말했다.

"모르겠으면 찾으면 된다."

(당신이 좋을 대로 하세요. 일단은 역할에서 벗어나 영혼을 자유롭게 해 주는 겁니다.)

"하지만…."

시저는 걱정스러운 듯이 자신을 바라보고 있는 부하들을 힐끗 쳐다봤다.

"하지만 뭐?"

"난 부대의 사령관으로서 부하들을 이끌 책임이 있다."

(그들에겐 그들대로 나아갈 길이 있습니다. 당신이 영혼의 소리를 들은 것처럼 그들도 자신의 영혼의 소리를 듣고 성장해 가는 거지요. 그들의 영혼을 믿어 봅시다.)

"시저, 이런 때야말로 자신의 영혼에게 물어보는 거야. 눈을 감고 자신의 영혼에 물어봐. '영혼이여, 사실은 어떻게 하고 싶은가?'라고."

나는 참지 못하고 시저에게 말을 걸었다. 그는 끄덕이더니 조용히 눈을 감았다.

한동안 지그시 눈을 감고 있던 시저는 천천히 눈을 뜨곤 말했다.

"난 여기에 남고 싶어. 난 너희가 한 말을 아직 잘 이해치 못하겠다. 하지만 아마 내 영혼의 소리라는 녀석이 여기에 남아서 좀 더 깊이 이해해 보고 싶다고 중얼댄다는 건 알겠어. 외눈의 늑대 대신 내가 너희의 수호를 맡게 해 주지 않겠나? 내겐 그를 죽인 책임도 있고 하니까."

"다른 녀석들은 어떻게 할래? 원한다면 베렌산에 데려가도 되고."

조박이 말했다.

"고맙다. 모두에게 물어보지."

시저는 부하들의 무리 안으로 걸어가 우뚝 서서 말했다.

"다들 잘 들어라. 우리 최강부대는 오늘로 해산한다. 너희들은 자유다. 마음대로 해도 된다. 사람들 곁으로 돌아가도 되고 여행을 떠나도 되고 나와 함께 이 숲에 남아도 되고 저 큰 곰과 함께 베렌산에 가도 된다. 전부 자유다."

"사령관님, 그렇게 말씀하셔도…, 지시를 내려 주십시오."

"지금 하는 말이 나의 마지막 명령이다. 앞으로는 내가 아닌 자기 자신을 따르며 살아라. 하지만 한마디 해 두지. 나는 너희와 함께 보낸 시간을 자랑스럽게 생각한다. 그리고 이건 이별이 아니다. 약속하는데, 시간이 흘러 서로 성장한 후에 우리는 동료로서 재회하게 될 거야. 현시점부터 나를 '사령관'이 아닌 시저라고 불러 주면 좋겠다."

"알겠다, 시저. 난 큰곰과 함께 베렌산으로 가겠다. 나와 함께 갈 자는 없나?"

마리우스였다. 상처도 싹 나아 있었다.

"나는 늘 남동생인 너를 지지하는 역할만 해 왔다. 그러니 이제 너와 떨어져서 나 자신이란 존재를 한 번 되돌아보고 싶구나."

시저 일행은 그와 함께 숲에 남을 그룹, 마리우스와 함께 베렌산에 가는 그룹, 갈 곳을 정하지 않고 여행하는 그룹, 이렇게 크게 세 가지로 나뉘었다.

일의 진행 과정을 보고 있던 나에게 조박이 저벅저벅 다가왔다.

"존, 너와 헤어지고 얼마 후에 가조라는 개가 동료와 함께 내가 있는 곳을 찾아왔었다. 다들 내가 한 번 싸워 봤던 자들이지."

"가조가?!"

"그렇다."

"그래서 가조는?"

"그는 지금 동료들과 함께 내가 없는 동안 베렌산을 지켜 주고 있다. 똑똑하고 좋은 리더야."

"그렇구나! 다행이다!"

"가조가 말을 전해 달라고 했다. '하이랜드에서 다시 만나

자, 영혼의 동료여.'라고."

조박은 그답지 않게 만면에 미소를 띠었다.

나는 너무 기뻐서 참지 못하고 막 짖었다.

"웡웡!"

그러자 그 소리에 호응하듯 시저와 그 동료들, 벨킨까지 일제히 짖기 시작했다.

"웡웡, 왕왕!"

마치 우리 모두의 새로운 출발을 축하하는 듯한 밝고 기운찬 소리였다.

제8장 울릉산 — 진정한 자신, 진정한 자유

28

그 싸움이 있고 2주가 지났다. 사람들이 없어진 숲에 평화가 찾아왔다.

"또 만나, 존. 그땐 네 얘길 천천히 들려줘."

조박은 며칠 전에 거대한 등짝을 흔들흔들대며 마리우스 일행을 데리고 베렌산으로 돌아갔다. 따로 행동하는 개들은 그 싸움 후에 곧장 각자가 생각하는 곳으로 이미 출발한 것 같았다.

그리고 오늘은 내가 출발하는 날.

투명한 아침 해가 반짝반짝 빛나며 룬 호수에 반사되고 있다. 아침 이슬에 젖은 풀을 밟으면서 시저가 다가왔다.

"존, 여러모로 신세를 졌구나. 다음에 만날 때는 나도 조금은 이해할 수 있을 것 같다. 나도 너에게 지지 않도록 영혼의 소리를 듣고서 얼마 후엔 하이랜드에 갈 생각이야."

"시저, 이기고 지는 게 아니니까 '지지 않도록'이란 말은 굳이 필요 없어."

"아아, 그렇지. 아직 그 버릇이 고쳐지지 않는군."

시저는 민망한 듯이 웃었다. 그 웃는 얼굴에는 예전의 딱딱한 느낌이 아니라 부드러운 안정감이 서려 있었다.

"시저, 샬레인님을 부탁한다."

"응, 안심하고 내게 맡겨라."

벨킨도 다가와 내 눈을 보며 작별의 말을 건넸다.

"존, 언젠가 다시 이 숲에 올 일이 있다면 영혼의 친구로서 대화하자. 그때를 고대하고 있으마."

샬레인은 평소처럼 다정하게 내 마음에 말을 걸었다.

(존, 당신과의 만남은 행운이고 은총이었습니다. 정말 고마워요. 여기서 한 달 정도 서쪽으로 가면 울름산이라는 험한 산이 나올 겁니다. 그 산 중턱에 '시르슈의 큰 삼나무'라 불리는 거대한 삼나무가 있습니다. 그 삼나무 아래에 레드르크라는 나이 먹은 늑대가 살고 있지요. 그가 하이랜드로 가는 방법을 가르쳐 줄 겁니다.)

"레드르크 할아버지께 안부 전해 줘."

벨킨이 말했다.

"아는 사이야?"

"아아, 할아버지는 내가 어릴 때부터 할아버지였어. 내 아버지가 어릴 때도 할아버지였지. 내 할아버지가 어릴 때도 할아버지였던 것 같아. 소문에 따르면 백 년 넘도록 할아버지였다고 하더라…."

"오오…."

나는 샬레인, 벨킨, 시저와 눈을 맞추고 천천히 인사를 한 다음 고개를 들고 말했다.

"그럼 다녀오겠습니다."

"존, 힘내!"

"음, 영혼의 소리를 따라가는 거야."

(존, 다녀오세요.)

레구두 숲을 출발하고 보름쯤 됐을 때 멀리 서녘 끄트머리에 우뚝 솟아 있는 뾰족한 산이 보였다.

'저게 울름산인가…?'

하늘을 푹 찌르듯이 치솟은 산봉우리를 보면서, 그 중턱에 살고 있다는 나이 든 늑대를 상상했다.

'어떤 늑대일까? 하이랜드…는 도대체 어떤 곳일까? 또 어떤 동료들이 있을까?'

나는 내가 여태껏 본 아름다운 풍경을 회상하면서 하이랜드의 이미지를 겹쳐 보았다.

다르샤의 말을 떠올렸다.

(나 같은 늑대뿐만이 아니야. 너처럼 인간에게 길러져 온 녀석들도 진정한 자신을 찾으러 오지.)

코우자의 말도 떠올렸다.

(하이랜드는 우리나 자네처럼 진정한 자신을 깨달은 자들이 지향하는 곳이야. 진정한 자신을 찾는 여행…, 진정한 자유를 찾는 여행…, 그것이 하이랜드로 가는 여행이지.)

그때 코우자는 이렇게도 말했었지.

(하이랜드를 지향하고 여행한다고 해서 모든 자가 그곳에 도달하는 건 아니야. 진정한 자신과 진정한 자유를 이해한 자만이 도달하는 장소, 그게 '하이랜드'지.)

'진정한 자신, 진정한 자유…. 과연 나는 하이랜드에 도달할 수 있을까? 내가 진정한 자신, 진정한 자유를 이해할 수 있을까?'

여러 가지 일들이 있었다. 멋진 만남도 많았다. 그래, 난 변했다. 나는 이제 사람에게 길러지던 때의 내가 아니었다. 마음 깊은 곳에서 불끈불끈 힘이 솟아났다.

출발하고 딱 한 달! 내 눈앞에는 단단한 암석으로 덮인 날카로운 산이 가로놓여 있었다.

'여기 중턱에 '시르슈의 큰 삼나무'가 있겠구나. 그곳에 레

드르크가 있을 테지. 좋았어, 가 보자!'

울퉁불퉁 거친 산길을 올라갔다. 길은 생각보다 훨씬 험했다.

"에잇."

커다란 바위를 뛰어넘었다.

"어이쿠, 위험해!"

발 딛기 나쁜 길을 비틀거리며 올라갔다.

'이런 험한 곳에 살 줄이야…. 도대체 어떻게 살고 있을까? 먹이는 있을까? 가족은 있을까? 애초부터 계속 할아버지였다니…, 도대체 몇 살일까?'

산을 오르기 시작한 지 이틀이 지났다. 가파른 산길을 오르고 있는데 갑자기 눈앞이 훤히 트였다. 나도 모르게 발길을 멈췄다. 널찍하니 초원과 호수가 펼쳐져 있었다. 호수에 울름산의 뾰족한 봉우리가 고요히 비쳤다. 잔물결 위로 흔들리며 빛나는 장엄한 산은 숨이 멎을 만큼 천고의 비경을 간직하고 있었다.

호수는 밑바닥까지 보일 정도로 맑았다.

나는 뛰어가서 차갑고 투명한 물로 단숨에 목을 축였다.

"아, 맛있어!"

물은 목을 지나 몸속 세포에 스며들었다. 내 몸 전체가 청순한 물의 에너지로 채워져 산뜻한 기분이 들었다.

'어라?'

문득 고개를 들었더니, 호수 맞은편 언덕에 거대한 삼나무 한 그루가 서 있었다.

'저게 시르슈의 큰 삼나무?'

그 삼나무는 엄청나게 컸다. 베렌산에 있는 녹나무와 비스름한 크기였다.

'좋아, 가 보자!'

큰 삼나무까지 뛰어갔다. 굵은 줄기의 밑동에 딱 맞춤하게 뚫린 구멍이 있었다.

'혹시 이 구멍이 레드르크가 사는 곳인가?'

구멍 입구에서 안쪽을 향해 말을 걸었다.

"안녕하세요? 누구 계시나요?"

잠시 귀를 기울였으나, 구멍 안에서는 아무 대답도 없었다. 다시 한 번 물어봤다.

"안녕하세요! 누구 없어요?!"

그러자 위쪽에서 느긋한 목소리가 들려왔다.

"거기엔 지금 아무도 없네."

황급히 올려다보니 머리 위 나뭇가지에 조용히 앉아 있는 나이 든 늑대의 모습이 눈에 들어왔다.

"이, 이것 참 실례했습니다. 당신이 레드르크 씨인가요?"

늙은 늑대는 조용히 나를 바라보았다.

"음…, 확실히 난 레드르크라고 불리고 있지. 허나 레드르크라는 건 하나의 이름, 호칭, 표현, 단어일 뿐이야. 여기엔 어떠한 실태도 존재하지 않아."

늑대는 나를 시험하듯 말하고 차분히 미소 지었다. 나는 그가 무슨 말을 하는지 전혀 이해치 못했다.

"레드르크 씨, 거기서 뭘 하고 계시나요?"

나뭇가지에 오도카니 앉아 있는 레드르크를 올려다보며 물었다.

"난 앉아 있으이."

"?"

"후후훗."

"레드르크 씨, 그쪽으로 가도 될까요?"

"아아 그래, 상관없어. 이쪽으로 오게나."

나는 레드르크가 있는 나뭇가지로 깡충깡충 뛰어갔다.

"예까지 올라온 걸 보니 아직은 팔팔하군."

나뭇가지에 도착하자 그는 자기 옆을 코로 가리켰다.

"젊은 친구! 자, 여기 앉으라고."

마침 그의 옆에 빈자리가 있었다.

"안녕하세요? 레드르크 씨, 저는 존이라고 합니다. 당신을

찾아왔어요."

"호오, 그런가?"

그는 눈을 가늘게 뜨면서, 거울 같은 호수와 수면에 비친 뾰족한 봉우리의 숭엄하고 웅장한 파노라마 쪽으로 시선을 돌렸다.

나는 그를 찬찬히 쳐다보았다. 늑대치고는 작은 편이라 몸집은 나와 별반 차이가 없었다. 온몸을 뒤덮은 회백색 털이 은은히 빛났다. 그 빛은 샬레인의 눈부시기만 한 빛과는 전연 달랐는데, 마치 오래된 은세공품처럼 그윽한 광채를 품고 있었다. 그의 눈은 너무나 다정하게 보여, 도저히 늑대의 눈이라고는 생각할 수 없었다.

나는 그 옆에 앉아 있는 것만으로도 큰 안도감을 느꼈다. 그는 풍경에 녹아들어 주위와 하나가 된 듯했다. 나도 그 경치를 바라보았다. 눈부시게 빛나던 태양이 서서히 산그늘 너머로 저물어 갔다. 연노란색에서 주황색으로…, 그리고 점점 청보라색으로…, 마지막에는 진청색의 어둠 속으로…. 쉼 없이 변하는 빛의 오케스트라가 순간순간 풍경을 색다르게 드러냈다. 성깃성깃 돋은 별들이 어느새 하늘 가득 총총히 박혀서 거대한 군무를 준비하고 있었다.

나는 신비로운 대자연의 음악을 들으며 그와 함께 있다는 사실도 잊어버렸다.

얼마나 넋 놓고 있었을까. 풍경을 보고 있던 그가 천천히 옆을 봤다. 그의 시선을 느끼고 내가 입을 열었다.

"레드르크 씨, 제게 하이랜드로 가는 길을 가르쳐 주시면 좋겠어요."

"호오, 하이랜드 말인가."

"네, 하이랜드로 가는 길을 가르쳐 주세요."

그는 느긋하게 고개를 끄덕였다.

"왜 하이랜드에 가고 싶지?"

"그건…, 하이랜드는 자유로운 영혼을 지닌 자들이 모이는 곳이라고 들었기 때문이죠. 거기엔 진정한 자유가 있다고도 하고요. 하이랜드는 분명 굉장히 멋진 곳일 것 같아요."

"그래, 확실히 멋지지."

역시 그는 하이랜드로 가는 방법을 잘 알고 있는 듯했다. 내 가슴은 기대로 부풀었다.

'드디어 들을 수 있겠군, 하이랜드로 가는 길을! 마침내 갈 수 있다! 하이랜드로!'

"하이랜드로 가는 길을 가르쳐 주세요. 어떻게 가죠?"

그는 낮은 톤으로 말했다.

"하이랜드라는 장소 따윈 없어."

29

"네? 하이랜드가 없다고요…?"

그는 같은 말로 대답했다.

"그렇다네. 하이랜드 같은 건 아무 데도 없다니깐."

"하지만 지금까지 만난 다르샤나 코우자, 쿠요나 샬레인이…."

나는 말문이 막혔다.

"후후훗, 좋은 만남이 많았구나."

"다들, 다들 하이랜드를…."

얼떨결에 그리 말하긴 했지만, 더는 어떤 말도 할 수가 없었다.

"자네가 정말로 하이랜드를 알고 싶다면 조금 더 여기에 있는 게 좋아."

"그러면 하이랜드는 역시 있는 거군요!"

"후후홋."

그 말에 대답하지 않고 그는 즐거운 듯이 웃었다.

"네, 여기에 좀 머무를게요. 저는 꼭 하이랜드에 가고 싶으니까요. 전 가야만 해요!"

"알겠네, 알겠어. 활기찬 애로군. 후후홋….."

그는 상냥하게 미소 지었다.

"뭐, 오늘은 이쯤 해 둬."

"네….."

그렇게는 말했지만 내 머리에는 그의 말이 메아리치고 있었다.

(하이랜드라는 장소 따윈 없어….)

'정말일까? 하이랜드는 진짜 있을까? 혹시 없다면? 레드르크는 나를 시험하고 있을까? 아니면 거짓말을 하고 있을까? 나를 놀리고 있을까? 영문을 모르겠네!'

"오늘은 그냥 나무 아래 구멍으로 돌아가서 식사나 하고 자 두게."

그는 친절하게 말했다. 구멍으로 돌아가니 어느샌가 감자와 밤 등이 잠자리 옆에 준비되어 있었다. 한쪽 구석에서 다람쥐와 토끼가 나무 열매를 옮기고 있는 게 보였다.

"고마워!"

"아니에요, 천만의 말씀. 우리도 협력하고 싶어요. 레드르 크 할아버지기 이상한 말을 무진장 했겠지만 노망난 건 아니 랍니다. 열심히 하시길!"

그 둘은 싱긋 웃고 굴 밖으로 나갔다.

이제 대자연의 합창도 눈과 귀에 들어오지 않았다. 나는 시 르슈의 큰 삼나무 밑동의 구멍에 웅크리고 누웠다. 달빛에 비 친 그 실루엣은 마치 시르슈의 큰 삼나무와 하나가 된 것 같 았다.

"좋은 아침, 잘 잤나?"

레드르크의 목소리에 눈을 떴다. 울름산을 올라와서 피곤 했는지 푹 잠든 모양이었다.

"아…, 죄송합니다. 좋은 아침입니다."

"오늘도 좋은 날이구먼. 후후훗…."

잽싸게 일어나서 그가 있는 가지 옆으로 뛰어올랐다.

"레드르크 씨는 매일 여기서 뭘 하시나요?"

"배가 고프면 먹고 졸리면 자고 목이 마르면 마시지."

"?"

나는 정신을 가다듬고 물었다.

"전 뭘 하면 좋을까요? 제가 해야 할 일을 가르쳐 주세요."

"글쎄…."

"…."

"아무것도 안 해도 괜찮아."

"네?"

"아무것도 안 해도 된다고."

"아무것도 안 해도…요?"

"내 옆에 지금 앉아 있잖나. 그 이상 자네가 할 일은 없다네."

"네…, 아니, 그래도…."

"하이랜드에 가고 싶은 거지?"

"네…."

"그럼 앉아 보게."

"앉으라고요?"

"그래, 지금 여기에 말일세."

나는 그의 옆에 앉았다.

'앉으라고? 하이랜드에 갈 건데, 앉으라고? 앉으면 아무 데도 갈 수 없는 거 아닌가?'

머릿속에 물음표가 수없이 떠다녔다. 그러자 그의 목소리가 울려 퍼졌다.

"조용히 앉아서 눈앞을 바라보면서 지금 여기에 있게나."

그러자 나는 순간 그 물음표의 물결에서 멀어졌다.

하지만 그건 한순간이었다. 금방 또 머릿속에 물음표가 떠올랐다.

'이런 걸 한다고 도대체 뭐가 된다는 거지. 이러다 하이랜드는커녕 아무 데도 못 가게 되진 않을까…?'

나는 고시랑고시랑 혼잣말로 중얼거리다가 문득 눈앞에 멋진 풍경이 펼쳐져 있음을 깨달았다.

'아아, 여기는 역시 멋진 곳이구나.'

뾰족한 봉우리와 거울 같은 호수면! 새가 한 마리 날고 있었다.

'올빼미인가? 그러고 보니 닷지는 어떻게 지내고 있을까? 닷지 덕분에 그때 모두 살았지. 그렇지만 쿠요는 역시 예언가야! 닷지의 일도 조박의 일도 싹 다 보였으리라….'

어느 정도 시간이 흘렀다. 레드르크가 물었다.

"자넨 지금 어디에 있나?"

"네, 저 여기에 있는데요…."

"아니, 자네 신체를 묻는 게 아니야. 자네 마음은 지금 어디에 갔었나?"

"아…."

저 새를 보고 닷지를 떠올리고…, 나는 그 후 끝도 없는 걸 계속 생각하고 있었다.

"어라…, 자네 마음은 여기에 없구먼. 어딘가 먼 곳으로 나갔어. 그러면 하이랜드엔 도저히 갈 수 없을 텐데, 후후훗.”

하이랜드에 가는 것과 내가 머릿속으로 생각하는 것이, 도대체 무슨 관계가 있지?

“‘지금 어디에 있나?’는 무슨 말인가요?”

“그건 말로는 전달할 수 없어. 그러니 앉게나.”

“네….”

이제 뭐가 뭔지 모르겠다…. 뭐야, 도대체….

그날 밤 내가 도토리를 입에 물고 있을 때 레드르크가 말을 걸어왔다.

“오늘은 어땠나?”

“네…, 솔직히 잘 모르겠습니다.”

“그렇지, 그렇지. 그게 중요하지. 후후훗.”

“모르는 게 중요한 건가요?”

내가 뾰로통하게 말대꾸를 했다.

그는 대답하지 않고 물었다.

“자네에게 자유란 뭐지?”

“자유… 말입니까? 글쎄요, 자유란 제가 누구에게도 속박 당하지 않고 행동하는 겁니다. 누구에게도 무엇에도 얽매이지 않은 채 제 마음대로 생각하고 이야기하며 행동할 수 있는 거지요. 저는 인간들로부터 자유로워져서 정말 다행이라고 생각해요. 역시 자유는 최고예요."

"그건 틀렸네."

"틀렸다고요? 아니, 틀리지 않아요. 인간들에게 길러지고 있을 때 제게 자유는 없었어요. 그래서 진정한 자유가 있다고 하는 하이랜드에 꼭 가고 싶은 거라고요."

"후후훗…."

그는 즐겁게 웃었다.

"뭐가 웃긴 거죠?"

날 놀리는 느낌이 들어 점점 화가 났다.

"진정한 자유가 뭔지 자넨 모르는 것 같군."

"진정한 자유?"

"어쨌든 앉게나. 그리고 자신의 내면을 바라보는 거야. 자신의 마음을 지켜보게. 자신의 사고를 지켜보게나."

'내면? 마음? 사고? 지켜보라고? 그게 뭐지?'

뭔지 잘 모르겠지만, 내가 그걸 전혀 모른다는 사실만큼은 알고 있었다.

다음날도 똑같았다.

"앉게나."

레드르크는 내 옆에서 조용히 눈을 반쯤 감고 깊은 호흡을 시작했다. 그리고 그는 시르슈의 큰 삼나무와 이 공간에 녹아들어 버렸다. 그곳에 그가 존재한다는 기적이 사라져 버렸다. 나는 떨떠름하면서도 옆에서 그가 말한 대로 앉아서 눈앞을 바라봤다.

'이런 걸 한다고 무슨 의미가 있을까? 앉아 있으면 아무 데도 못 가는 거 아닐까…? 여기서 한 발자국도 나아가지 못한다고…! 나를 놀리고 있는 게 아닐까? 그래, 분명해. 틀림없어. 이 할아버지는 날 속이며 가지고 놀고 있는 게 명백해!'

머릿속에 의심의 목소리가 점점 솟아났다. 그 소리는 마치 연결되어 있는 듯 끝없이 계속 이야기했다. 그러는 동안에 밤이 되었다. 전혀 움직이지 않았는데도 왠지 너무 피곤했다.

밤이 되자 레드르크가 물었다.

"후후훗, 꽤나 고단한 것 같군."

"아니에요. 힘들지 않아요. 아무 데도 안 갔으니까요. 움직이지도 않았고요. 노곤할 리가 없잖아요?"

약간 불쾌한 듯이 대답했다.

"후후훗, 좋네, 좋아…."

"전혀 좋지 않아요."

그는 대답도 없이 나에게 물었다.

"자네는 누구지?"

"네? 저는 존이에요. 전에 말했잖아요."

뭐야, 내 이름도 잊어버린 거야? 역시 노망 난 거 아닐까?

"그게 아니라네. 후후훗….."

"아니라니…? 저는 존입니다."

"그건 자네의 이름이지 자네가 아니야."

"뭐라고요?"

"자네는 이름인가?"

"아니요, 확실히 제 이름은 존이지만….."

"자네가 태어났을 때 자네에게 이름 따윈 없었지. 자네는 이름이 붙기 전부터 존재하고 있었어. 이름 따위는 호칭으로서 기호일 뿐이야. 그러니까 자넨 이름이 아닐세. 진정한 자네는 이름이 없어."

"음…, 확실히 그렇군….요."

"그러면 자네는 누굴까?"

"어, 그러니까… 저는 원래 사냥개이고 하이랜드에 가기 위해 탈주해서 여러 일을 겪고 여기에 왔습니다."

"그건 자네의 이야기지 자네가 아니야."

"네? 이야기라고요?"

"그래, 그건 과거 자네에게 일어난 사건의 스토리잖아. 그걸 이야기라고 부르지. 자네는 이야기인가?"

확실히 나는 이야기가 아니고, 이야기를 경험한 것이 나라는 생각이 들었다.

"그럼 저는 네 개의 다리와 찢어진 꼬랑지, 조금 날카로운 어금니가 있습니다. 그리고 오른쪽 귀도 뜯어졌고요."

"그건 자네의 신체 특징이지 자네란 존재는 아니야."

"하아, 도무지 뭔지 모르겠네요. 뭐가 정답이죠? 어떤 답을
말하면 될까요? 이제 뭘 말하면 좋을지 당최 모르겠어요."

"그렇지, 그렇지. 앉아서 자신에게 물어보게."

"물어보라니…, 뭘 말이죠?"

"나는 누구냐고…, 후후훗."

"나는… 누구?"

"자기가 누군지, 자신을 찾아보게."

"자신을 찾으라고요…?"

"좋네, 좋아…, 후후훗…."

이제 뭐가 뭔지 전혀 모르겠다.

나는 의문의 늪에 빠진 강아지 같은 기분이 들었다.

그리고 이튿날 아침이 밝았다.

"오늘도 좋은 날이군, 후후훗…."

날씨는 좋았지만 전혀 좋은 날이란 기분은 안 들었다.

"또 앉는 건가요?"

"그래, 또 앉는 걸세."

나는 또 레드르크 옆에 앉았다.

그리고 그날도, 그다음 날도 똑같은 일이 반복됐다. 내 머

릿속은 욕구 불만으로 폭발 직전이었다.

'도대체 언제까지 이런 일을…. 뭐야, 전혀 모르겠다고. 적당히 좀 해. 그냥 나가 버릴까?'

어느새 나는 자신의 내면을 바라보는 게 아니라 계속 불평과 불만을 말하고 있었다. 그리고 마음속으로 계속 불평과 불만을 늘어놓은 지 어느덧 달포가량 지났다.

"오늘도 좋은 날이네, 후후훗…."

그는 매일 아침처럼 똑같이 나무 위에 앉아 있었다. 나는 그의 옆에 앉아서 큰맘 먹고 물어봤다.

"레드르크 씨, 대체 제가 뭘 하고 있는지 모르겠어요. 이렇게 앉아 있는 것에서 의미를 찾기란 불가능합니다. 저는 꼭 하이랜드에 가야 해요. 모두와의 약속이랍니다. 그런데 어떻게 하면 좋을지 모르겠어요. 전 괴롭습니다…."

그는 자애로 가득 찬 눈으로 말했다.

"괴롭다…, 좋네, 좋아. 그 괴로움을 바라보게나. 그 괴로움을 위에서 바라보게나. 그 괴로움의 발현을 지켜보게. 그것이 자네를 하이랜드로 인도하는 등불이 될 걸세."

'괴로움을 바라보라고? 괴로움을 지켜보라고?'

그날 나는 처음으로 나의 내면과 괴로움을 지켜보는 일을 해 봤다.

이런 걸 한다고 뭐가 된다는 거야!

아무 데도 못 가는 거 아니야?

나는 하이랜드에 가고 싶다고.

하이랜드에 가야 한다고.

가조와 약속했어.

조박과 쿠요와 벨킨과도….

하이랜드에 못 간다면 그들을 볼 면목이 없잖아.

레드르크는 왜 이런 쓸데없는 일만 시키지?

이상해.

날 속이고 있는 게 아닐까?

날 놀리는 게 아닐까?

하지만 여기를 뛰쳐나가서 다음에 어디로 가면 좋지?

모르겠어.

모르겠어.

난 어떻게 하면 좋지?

아아, 정말이지!!

마음이 외치고 있었다. 불평불만을 계속 말하고 있었다. 그리고….

그렇게 외치고 있는 나를 조금 위에서 또 하나의 내가 바라보고 있었다!

그런가. 내 마음은 이런 식으로 외치고 있었구나….

불평과 불만을 계속 중얼거리고 있었어!

나는 높은 언덕 위에서 나의 마음이라는 구름 낀 바다를 바라보고 있었다. 그 바다에서 갑자기 구름이 떠오르며, "이런 걸 한다고 뭐가 된다는 거야!"라고 소리치고 있었다.

'오호, 이런 불만이 나왔었군….'

한동안 그 구름을 바라보고 있었더니, 구름은 바다에 가라앉아 사라져 버렸다. 그러자 곧장 다음 구름이 뭉게뭉게 떠올랐다.

"어떻게 하면 좋을까!"

그 구름은 그 말로 가득 차 있었다. 그렇게 차례차례 구름이 떠오르곤 사라졌다. 내 머릿속은 구름투성이, 불평불만의 지껄임투성이였다.

'그런가. 내 머릿속은 이 불평과 불만의 구름으로 잔뜩 차 있었구나.'

그 구름이 나타났다가 사라지는 모습을 바라보는데 이상하게도 괴로워졌다. 이건 상당한 발견이었다. 나는 처음으로 어쩐지 알 것 같은 기분이 들었다.

그날 밤이었다.

"어떤가? 괴로움은 보였나?"

"네…, 뭔지 잘 모르겠지만 제 안에 외치고 있는 제가 있고, 그 모습을 위에서 바라보는 제가 있었습니다."

"호오, 어떤 기분이었나?"

"…, 글쎄요…, 전보단 괴롭지 않다고 할까, 외치며 괴로워하는 저를 '아아, 저런 말을 하는구나.' 하고 약간 떨어진 곳에서 바라보는 듯한 느낌이었어요."

"후후훗, 좋네, 좋아."

"이건 어떻게 된 겁니까?"

"우리는 세 개의 존재로 이루어져 있지. 자네도 누군가에게 들어서 알고 있겠지?"

"신체와 자아와 영혼을 말하는 거죠. 알고 있습니다."

"흠, 그래. 나는 자아 말고 알기 쉽게 에고라고 부르지만 말이야…. 뭐 좋아. 자네는 괴롭다고 했었지?"

"네, 괴롭습니다."

"자네의 그 세 가지 중에서 어디가 괴로운 거지?"

"글쎄요…, 신체는 아니고…. 모르겠어요. 에고…? 아니, 에고와 영혼 중에 어느 쪽일까요…?"

"후후훗, 괴로워하는 건 '누구'인지, 외치고 있는 건 '누구' 인지, 그것도 잘 바라보게나. 자신의 괴로움을 만들어 내는 것의 정체를 스스로 파악하는 거라네."

"괴로움의 정체 말인가요? 네⋯."

다음 날, 나는 나의 내면을 좀 더 주의 깊게 바라봤다. 내 마음은 늘 불만을 말하고 있었다.

하이랜드에 가고 싶지만 갈 수 없어.

가는 방법을 가르쳐 주지 않아, 왜 그러지?

이제 됐어, 돌아가겠어, 이런 곳은 별 볼 일 없어.

레드르크가 말하는 게 뭔지 모르겠어.

나는 이해 못 하겠어.

무리야, 틀림없이 무리라고.

내가 하이랜드에 가고 싶다고 강하게 생각하면 할수록 지금 놓인 현실과의 갭이 생겨서 구름이 뭉게뭉게 솟아올랐다.

이 구름들이 내 머릿속을 가득 채우면 너무 괴로워졌다. 몸이 딱딱해지고 심장이 두근거렸다. 지금 당장이라도 어디론가 달려가고 싶어졌다. 머릿속이 구름으로 가득 차서 푸른 하늘 따위는 어디에도 없었다. 내 머릿속은 구름투성이, 새카만 흐린 날씨 그 자체였다.

문득 딱 한순간, 구름 사이에 빛이 비치듯이 푸른 하늘이 될 때가 있었다. 그때 나는 머릿속을 소용돌이치는 구름에서 빠져나와 조용하고 맑아진 기분으로 그것을 위에서 바라볼 수 있었다.

'이렇게 말하고 있는 구름이 나인가? 이 구름이 내가 찾고 있던 나 자신인가? 아니면 이 구름은 레드르크가 말한 나의 에고일까?'

나는 밤에 레드르크에게 물어봤다.

"딱 한순간, 괴로움의 구름에서 빠져나올 수 있었습니다. 그 순간뿐이었지만요."

"호오, 좋네. 그 괴로움의 정체를 알았나?"

괴로움의 정체… 그 구름을 말하는 거다…. 그건 결코 영혼의 소리 같은 게 아니다. 영혼의 소리는 그렇게 괴롭지 않다. 그러면 그건 에고의 소리일까?

"에고의 소리…일까요?"

"자네는 하이랜드에 가고 싶다고 바라고 있는데, 가고 싶어 하는 건 자네의 무엇일까? 그만큼 집착하고 있는 건 자네의 무엇일까?"

"네? 집착이요?"

"그래, 매달림이라고도 하지."

"음, 집착하는 건 아닌 거 같은데요…."

"하이랜드에 가고 싶은 거지?"

"네."

"그게 집착이야."

"하지만 가고 싶다고 바라지 않으면 갈 수 없잖아요."

"후후훗, 가고 싶다고 바랄 때, 가야 한다고 자네의 구름이 말할 때, 자네는 무엇을 느꼈나?"

"괴로움입니다…."

"그렇다면 괴로움을 만들어 낸 건 뭘까?"

"구름…, 이것이 에고의 소리일까요?"

"후후훗, 그래, 그걸 잘 지켜보게나. 후후훗."

에고를… 지켜본다…니 무슨 말일까?

"그럼 그 에고를 지켜보고 있는 자넨 도대체 누구일까?"

레드르크가 씩 웃었다.

다음 날부터 나는 전보다 더 적극적으로 진지하게 나의 내면, 구름을 바라봤다. 나의 마음, 에고는 굉장히 수다스러웠다. 늘 뭔가를 지껄이고 있었다.

이런 거 쓸데없는 일이야.

나는 도저히 이해 못 하겠다고.

그러니 빨리 다른 곳으로 가야지.

샬레인이 있는 곳으로 돌아가는 게 좋지 않을까?

쿠요는 좀 더 알기 쉽게 가르쳐 줄 거야.

나는 뭉게뭉게 자동으로 솟아오르는 구름들을 위에서 지켜봤다. 재미있게도 이 말에는 영상이 붙어 있어서, 말과 함께 머릿속 스크린 같은 것에 샬레인이나 쿠요의 모습이 나타났다. 그리고 그 영상에는 감정도 붙어 있어서, 말로 표현할 수 없는 에너지의 파동이 몸속으로 흘러와서 괴로워지는 것이었다.

하지만 나는 그 구름에 휩쓸리지 않고 위에서 바라보았다. 그러자 그들은 시간과 함께 자연스럽게 사라져 버렸다. 그것이 나타났다가 사라져 가는 것을 바라보는 일은 상당히 기분 좋은 일이었다.

그날 밤, 그 일을 얘기하자 레드르그는 기쁜 듯이 말했다.

"좋네, 좋아…. 그래, 에고는 자네가 아니라네."

"에고는 제가 아니라고요?"

"그래, 에고를 지켜본다는 것, 에고를 바깥에서 볼 수 있다는 것은 자네는 에고가 아니란 말이지."

"네? 무슨 말이지요?"

"바깥에서 볼 수 있다는 건 그것과 일체가 되어 있지 않다는 거야. 그것에서 분리되어 있다는 말이지. 일체가 되어 있다면 바깥쪽에서 볼 수는 없으니까. 즉 자네는 그 에고에서 분리되어 있고, 결국 자네는 에고가 아니란 말이지."

"나는… 에고가 아니다…."

"그래, 에고는 자네의 일부이지 자네가 아니야. 에고를 바라보고 에고에 지배당하지 않을 것."

"에고에 지배당하면 에고의 말로 머릿속이 가득해지고 그것에 휩쓸려서 기분이 엉망진창이 돼 버리는군요."

"그렇다네. 에고에 지배당하지 않고 에고를 올바르게 사용할 수 있게 되는 것, 그것이 중요해."

"에고를 올바르게 사용한다고요?"

"그래, 에고도 중요한 기능이니까. 에고가 없으면 우리는 생활할 수 없고, 이름도 기억할 수 없어. 애초에 여기에 올 수도 없었을 테고. 이 세상을 살아나가기 위한 기능이 에고라네. 하지만 어느새 에고가 머릿속을 지배하여 에고가 자신이라고 믿어 버리면 그것에 휘둘리게 되지."

"에고가 자신…."

"머릿속이 에고의 소리로 가득 차게 됐을 때, 무엇을 느꼈는가?"

"괴로웠습니다."

"그래, 거기에서 괴로움이 생기는 걸세."

"에고는 눈앞에 전개되는 있는 그대로의 세계를 부정함으로써 존재하는 거야. 부정하고 저항하고 집착하지. 거기에 마찰이 생긴다고. 그래서 괴로운 거야."

그러고 보니 쿠요도 그런 말을 했었지.

"머릿속 구름에 사로잡혀 버리자 제가 굉장히 보잘것없이 작고 비참하게 느껴졌어요. 뭐랄까 엄청 작은 우리에 갇혀 버린 듯한 느낌이었지요."

"그래, 에고는 자신 안에 감옥을 만들어 내지. 에고가 말하는 것을 진실이라고 생각하면 그 세계밖에 보이지 않게 돼 버려. 스스로를 그 세계에 가두어 버리는 거야."

나는 문득 가조를 떠올렸다. 가조는 완벽하지 않은 자신은 도움이 되지 않으니 빨리 죽어 버리는 게 좋다고 괴로워했었다. 그것은 가조의 에고가 만들어 낸 감옥이었다. 쿠요 덕분에 가조는 에고의 감옥에서 나올 수 있었던 것이다.

"게다가 에고는 행복을 자신의 외부에서 찾는다. 자기의 부족함·불완전함을 메우기 위해 자신의 외부에서 뭔가를 계속 찾고, 손에 넣으려고 영원히 계속 달리는 거지."

시저에게 해당되는 말이었다.

"에고는 늘 불안하고 부족하다고 느낀다. 그래서 자기 외부의 무언가로 그것을 메우려고 계속 추구하지. 평가와 칭찬, 지위나 명예 같은 것을."

그런가. 시저는 자신의 존재 이유를 몰랐기에, 그의 에고가 최상의 진설이 되는 것을 추구하고 있었지. 그런 것이었구나.

"그중에는 안심과 안녕도 있지. 공포를 느끼지 않게 되는 것, 안심을 추구하는 것, 어쨌든 전부 자신의 외부라네."

조박이 그랬지. 공포를 느끼지 않도록, 안심하고 싶어서 싸움의 소용돌이를 헤쳐 왔다고⋯. 전부 그랬었구나!

"에고가 추구하는 건 평가나 명예, 안심뿐만이 아니지. 하이랜드도 마찬가지야."

"네? 하이랜드도⋯ 말입니까?"

"그래, 하이랜드라는 꿈나라를 자신의 외부에서 계속 찾는 것, 그것도 매일반일세."

"하지만⋯, 저는 하이랜드에 가고 싶어요."

"그걸 꽉 움켜쥐면 무엇이 느껴지나?"

"괴로움이요⋯."

"자넬 괴롭게 하는 건 무엇일까?"

"혹시⋯, 하이랜드에 가고 싶어 하는 저의 에고⋯일까요?"

"후후홋⋯ 좋네, 좋아. 그래, 에고의 집착, 하이랜드를 향한 집착."

"집착⋯."

"그렇다네. 에고에 의한 집착. 그것을 자신 속에서 찾아내서 내려놓지 않는 한 하이랜드는 무리라네."

"하이랜드는 무리…."

"찾지 말게. 찾으면 놓쳐. 찾지 말고 발견하게. 찾는 게 아니라 발견하는 거야. 하이랜드 같은 건 아무래도 좋다고 생각지 않으면 하이랜드엔 갈 수 없어. 어렵다고, 후후훗."

30

내가 여기에 온 지도 벌써 반년이 지나가고 있었다.

"그러면 오늘도 앉아 볼까….."

"네, 스승님."

나는 그즈음 레드르크를 자연스럽게 스승님이라고 부르게 되었다.

"울름산 중턱의 이 공간이 자네라네. 이 공간 속에 나타나는 것, 호수와 커다란 삼나무, 바위와 동물들은 자네 마음속에 떠오르는 것들이지. 자네는 호수와 삼나무가 아니야. 게다가 동물들도 아니지. 자넨 그것들을 포용하는 공간이야."

"공간….., 이라고요?"

"그래, 자네라는 공간 속에는 여러 가지 것들이 떠올랐다가 사라지지. 자네는 그것을 목격하고 있는 의식, 그것이 일어나고 있는 공간이야."

"음, 잘 모르겠어요…."

"자신의 내면에 일어나고 있는 것을 그저 헤아리며 바라보기…, 그것들을 있는 그대로 용납하고 판단하지 않고 저항하지 않고 집착하지 않고 그저 그대로를 바라보기…. 단지 그것뿐이야. 그다음엔 기다리기만 하면 돼. 후후훗."

"바라보고… 기다리기. 기다리라니 무엇을 기다리는 겁니까?"

"후후훗, 그것이 일어나면 저절로 알게 될 걸세. 그것보다도 지금 보거나 듣거나 하는 주체는 누구일까? 걷고 있는 건 누구일까? 머물러 있는 건 누구일까? 앉아 있는 건 누구일까? 누워 있는 건 누구일까? 이처럼 주목하며 지그시 바라보는 게 좋다네."

점점 알 것 같았다. 내 마음에는 여러 가지가 울려 퍼지고 있었다. '배가 고프다'는 신체의 소리, '이제 그만두고 싶어'라는 에고의 소리, 몸속을 흐르는 에너지…, 그것들은 나의 중요한 소리요 기운인지라 나에게 울려 퍼지는 것을 용납하고 감지하며 살짝 외부에서 바라보았다. 그러자 그것들이 전혀 솟아나지 않는 틈이 있었다. 머릿속에 아무것도 흐르지 않는 완전한 정적의 순간! 그때 나는 그것들의 배경이 되어 있었다.

그 징적은 마치 구름 낀 바다 위에 섰을 때 느꼈던, 평온과 치유로 충만한 침묵과 똑같았다. 나는 구름이 아니라 그것을 용납하고 있는 푸른 하늘이었다.

그때 또 새로운 구름이 떠올랐다.

"하이랜드에 가고 싶어! 빨리 하이랜드에 가고 싶어!"

나는 그 구름을 위에서 바라봤다.

"하이랜드에 가고 싶어! 나는 하이랜드에 가야만 해!"

그 구름은 끈질기게 외치고 있었다.

그런가…. 이것도 나의 에고의 소리였구나…. 나의 행복을 자신의 외부에서 구하며 계속 찾는 에고의 소리…. 그것은 명예와 안심뿐만이 아니라 성장과 자유도 매한가지였다.

성장하고 싶고 자유로워지고 싶다는 것은 지금 내가 아직 덜 성장했고 자유롭지 않다고 생각한다는 것이다. 그 뿌리에 있는 것은 '자신은 부족하다, 행복하지 않다'는 에고의 생각이었다. '하이랜드에 갈 수 없으면 행복해지지 않아….' 이것도 에고가 떠안고 있는 부족감에서 나온 소리였던 것이다.

한동안 바라보고 있자 그 구름은 다른 구름과 마찬가지로 구름 낀 바다 속으로 사라져 갔다. 나는 또 평온해진 정적 상태로 돌아왔다.

저녁 식사로 감자를 우물우물 먹고 있을 때였다.

지금까지 만나왔던 친구들의 말이 하나로 연결됐다.

그런가….

그런 거였구나….

조박은 이렇게 말했었다.

(진정한 자유를 얻고 싶다면 환상을 꿰뚫어 보는 거지. 결코 환상에 붙잡혀서 환상의 노예가 되면 안 돼.)

조박이 말했던 환상이란 머릿속에 떠오르는 구름의 소리를 말하는 것이다.

쿠요는 이렇게 말했었다.

(네가 보고 있는 세계라는 건 자신의 에고가 만들어 낸 환상이 확대된 것일 뿐 아무것도 아니란 걸 알아야 해.)

나는 마음속에 솟아오른 구름이 나 자신이라고 착각하고 있었다. 구름 속에서 헤매고 있었다. 에고의 구름에서 빠져나오지 않는 한, 그 구름에 붙잡혀서 그 구름이 만들어 내는 환상을 눈앞의 세계에 거울처럼 비추어 버리게 된다. 머릿속의 구름이 자신의 현실 세계를 만들어 내는 것이다.

그래서 다르샤가 이렇게 말했었다.

(하이랜드는 진정한 자유를 깨달은 자만이 다다를 수 있는 장소야….)

'다들…, 다들 같은 말을 했던 거다.

진정한 자유가 무엇인지를 깨닫지 않으면 하이랜드에는 도달할 수 없어.

진징한 자유…, 진정한 자유란 뭘까?

진정한 자유란 도대체 뭘까?!'

좀 시간이 지난 어느 날 밤이었다.

"꽤나 조용해졌구나, 후후훗."

레드르크가 말을 걸어왔다.

"네…, 말로 설명하는 건 어렵지만 어쩐지 알 것 같아요."

"그래, 정말 중요한 건 말을 뛰어넘지. 자신의 체험으로 아는 수밖에 없어."

"네, 스승님."

"자네는 날마다 저 나무 위에 앉아 있는데, 다리나 허리는 아프지 않나?"

"네, 아파요. 하지만 그건 제 신체가 말하고 있는 거지, 제가 아니라는 걸 알아요."

"자네는 매일 계속 아무것도 안 하고 아무 데도 안 가며 저기에 쭉 앉아 있는데, 마음속에서 어떤 말을 하고 있나?"

"네, 여러 가지 말들을 마구 지껄여 대고 있어요. 하지만 그건 저의 에고가 지껄이고 있는 거지, 제가 아니라는 걸 알아요."

"자네는 지금까지 많은 모험을 해 왔는데, 이런 곳에서 이

338

런 일을 하고 있어도 괜찮은가?"

"네, 그건 저의 이야기이지, 그것이 저 자신이 아니라는 걸 알고 있어요."

"자네는 하이랜드에 가고 싶다고 바랐었는데, 그건 어떻게 됐나?"

"네, 그건 제 에고의 집착이라는 걸 알았어요."

"훌륭하군."

레드르크는 만족한 듯이 계속 미소를 지었다.

"자신의 내면을 계속 바라보면 결국 에고가 떨어진다. 에고의 지껄임이 멈춘다. 완전히 정지하는 거야."

"에고가 떨어진다고요?"

"그래, 그건 떨어지지. 자연스럽게 떨어지지. 가을에 나뭇가지에서 잎이 떨어지듯이 자연스럽게 에고가 떨어진다네. 그러면… 그것이 '일어나지'."

"그것이… '일어난다'?"

"음…, '떨어지면… 일어나지'. 다음 세 가지를 존재에 새겨 넣게나."

"네, 스승님."

"저항하지 말고 판단하지 말고 집착하지 말고 그저 있는 그대로 자신의 마음을 계속 관조하게나."

"네, 저항하지 않고 판단하지 않고 집착하지 않기…. 그저

있는 그대로 자신의 마음을 바라보는 거군요."

"좋네, 좋아…. 후후훗."

그로부터 또 반년가량 나는 나무 위에 계속 앉아 있었다.

나의 내면은 점점 조용해지고 있었다.

어느 날의 일이었다.

비가 엄청나게 쏟아진 후, 울름산에 멋진 무지개가 나타났다. 그것을 목격한 순간 그것은 '일어났다'. 갑자기 눈앞에 펼쳐진 산과 호수, 각각의 경계선이 사라져 버렸다. 그것들은 이미 각각 존재하지 않았다. 모든 것이 연결되어 있고 모든 것이 하나였다. 나를 포함한 모든 것이 하나로 연결되어 있었다. 나는 그 속에 녹아들었다.

나는 나무와 다른 존재가 아니고, 호수와 다른 존재가 아니며 그곳에 경계는 없었다.

나는 나무이면서 호수였다.

나는 새의 지저귐에 무지개가 되었다.

나는 하늘과 땅과 하나가 되었다.

우주는 살아 있었다!

우주는 호흡하고 있었다!

우주는 눈을 크게 뜨고 모든 것을 자각하고 있었다!

모든 것은 새롭고 모든 것은 아름답고 모든 것은 진실이고 모든 것은 자유이고 모든 것은 눈부시게 빛나고 있었다.

그리고… 그리고… 모든 것, 모든 것이 나였다!

나는 폭발하고 환희가 되었다!

부웅!!

부우우우~웅!!

부우우우우우우우우우우~웅!!'

31

"드디어 해냈군, 후후훗."

"스승님…, 감사합니다."

"하이랜드라는 장소 따윈 아무 데도 없음을 알았겠지?"

"네, 알았습니다."

"그렇다네. 하이랜드란 장소 따윈 아무 데도 없어."

"네."

"말해 보게나."

"제가 하이랜드였습니다."

레드르크는 기쁜 듯이 미소를 지으며 말했다.

"하이랜드…, 그것은 도달이 아니라 발견하는 걸세. 자네는 처음부터 이미 그곳에 있었어. 깨닫지 못하고 있었을 뿐이지. 그걸 잘 이해하게.”

“네.”

“깊게, 천천히 호흡해 보게. 자신의 중심에 닿을 수 있지.”

크게 공기를 들이마셨다. 나는 몸 안에 들어오는 공기와 일체가 되어 있었다. 의식은 티끌 하나 없이 맑게 개어서 굉장히 기분이 좋았다.

“진정한 자유란 무엇인가 알겠지?”

“네, **진정한 자유란 외부의 뭔가로부터 자유로워지는 게 아니었어요. 신체와 에고의 소리라고 하는 ‘자신’에게서 자유로워지는 것…, 그것이 진정한 자유였어요.**”

“그렇다네. 진정한 자유란 ‘자신’에게서 자유로워지는 것이지. 그때 처음으로 영혼의 소리가 들리는 거라네.”

“영혼의 소리….”

“그래, 영혼의 소리를 듣고 영혼의 춤을 추게나. 그것이 하이랜드를 살아간다는 걸세.”

“네, 감사합니다.”

“후후훗…, 좋네, 좋아….”

“스승님…, 한 가지 물어봐도 되겠습니까?”

“뭐지?”

“이게…, 이게 ‘깨달음’이란 걸까요?”

"후후훗…, 또 생각을 하는 것 같군. 사고는 푸른 하늘을 덮은 구름에 지나지 않는다네. 개념도 이론도 틀도 모든 건 환상이지. 에고의 사고를 만들어 내는 픽션이야."

"환상… 픽션…."

"'깨달음'이란 신체, 마음, 영혼 세 가지 레벨에서 '나는 없다는 것을 아는 것'이라네."

"'나는 없다는 걸 알기'…."

"지금 막 체험하지 않았나. 후후훗…."

"아…, 네…."

"머리뿐만이 아니라 신체뿐만이 아니라 영혼뿐만이 아닌 삼위일체의 이해, 그것이 '깨달음'이지."

"삼위일체…."

"'깨달음을 얻는다'라는 말을 알고 있나?"

"네."

"'얻는다'는 것은 무엇이 무엇에 대해서 무엇을 얻는 것일까?"

"…, 잘 모르겠습니다."

"그건 위대한 존재, 전체, 우주 혹은 신이라 부르는 자도 있지만 언어를 뛰어넘은 존재이기에 과거부터 그곳에 도달한 자들이 모두 '그것'이라고 부르고 있는 것이지. 그 '그것'에 대해서 '자신'을 내주는 일이네."

"'자신'을… 내준다…."

"'자신' 따위가 없으면 '내주는 자신' 또한 존재하지 않는 법이지. 이를 진심으로 이해하게. 그때 '나'는 없는 걸세. '나'는 사라지는 거야. 그때 '나'는 사라지고 '그것'이 된다네."

"'그것'이… 된다."

"'나'는 분열한 개체가 아니라 우주, 전체, 위대한 존재라는 거지. 그래, '그것' 그 자체임을 세 가지 존재를 통해 진심으로 알게 되는 것. 그것이 '깨달음'이야."

"그것이… '깨달음'…."

그랬다.

지금 정말로 그것을 체험했다.

"우리는 전체라는 커다란 흐름 속에서 '지금'이라는 이 순간에 전체라는 의식이 만난 '접촉점'이라네. '흐름'과 '의식'이 만나는 점, 그것이 우리인 거라네."

"우리는 '흐름'과 '의식'이 만나는 '접촉점'…."

"이것이 '깨달음'이고 '각성'이고 '진정한 자신'을 자각하는 것이지."

"네…."

"그러면 마지막으로 묻지."

"네."

"진정한 자신이란 누구일까? 자네의 언어로 말해 보게."

"네, 말해 볼게요. 진정한 자신이란⋯ 진정한 자유를 획득했을 때 처음 나타나는 겁니다. 하지만⋯."

"후후훗. 되도록 자세하게, 자세하게⋯."

"네, 그러니까⋯ 신체의 자신, 에고의 자신이 없어지고 그것들이 전부 떨어져서 영혼의 자신과 연결되어 진정한 자유 그 자체가 되었을 때 비로소 처음으로 진정한 자신이 되는 겁니다. 하지만 그때 저 자신은 없어집니다. 자신이 사라지는 거지요."

"후후훗, 그래그래, 진정한 자신에게 도달하면 자신은 사라지지. '자신'에서 '자기'로 이동하는 거야. '자신[自分]'이란 '저절로[自] 나뉜다[分]'는 뜻이지. 위대한 존재, '그것'에서 나뉘어 버린 존재, 그것이 '자신'이지. 그 분리와 경계가 사라지는 걸세. 후후훗."

"네, 그때 저는 이 세계의 전부라고, 제가 세계 그 자체라고⋯ 느꼈어요. 눈에 보이는 것, 귀에 들리는 것, 제가 자신의 외부에 있다고 인식하고 있는 것, 느끼고 있는 것, 생각하고 있는 것이 실은 전부 하나이고, 모두 사랑해야 할 것이고, 전부, 모든 것을 포함한 전부가 '그것' 그 자체라고요. 맞아요, 전부, 전부, 전부인 거예요. 아, 어쩐지 제가 터무니없이 이상한 말을 하고 있다는 기분이 들어요. 하지만 이건 제가 진짜 그렇게 느끼는 겁니다. 그 이상의 말을 못 찾겠어요."

"후후훗…, 진정한 자신은 어떤 느낌이지?"

"어떤 느낌…, 이냐고요?"

"그래."

그곳에 나는 없었다. 모든 것이 나였다. 이 공간도 나무도 호수도 시르슈의 큰 삼나무도 다람쥐와 토끼, 그리고 레드르크도 전부 나였다. 지금 이곳에 존재하는 모든 것을 끌어안으며, 나라는 존재에서 나온 사랑스러움과 자애로움이 거대한 파도가 되어 흘러넘치고 있었다.

그 파도가, 신체를 빠져나가는 에너지가 말로 변환되어 입에서 툭 흘러나왔다.

"…, 사랑스럽…, 사랑스럽습…니다…."

순간 눈물도 흘러나왔다. 사랑의 큰 파도에 휩쓸려서 질퍽질퍽 엉망진창으로 구겨져 버렸다. 하지만 그와 동시에 더없이 행복했다.

"후후훗…."

레드르크는 말했다.

"우리는 사랑이라네."

아침 해가 떴다.

울름산 중턱 시르슈의 큰 삼나무는 아름다운 아침 해를 받아 잎사귀가 반짝반짝 빛났다.

"스승님, 그럼 다녀오겠습니다. 정말 감사했습니다. 저는 하이랜드를 살겠습니다."

"하이랜드…, 그것도 또 하나의 기호, 이름에 지나지 않지. 언어를 넘어선 것, '그것'이야. 후후훗."

"네, 저는 '그것'을 살겠습니다."

"음, 존! 앞으로 어떻게 '그것'을 살 건가?"

레드르크는 처음으로 내 이름을 불렀다.

"네, 저는 제가 이해한 것을 많은 사람들과 서로 나누어 가지고 싶어요."

"후후훗, 다르샤와 똑같은 말을 하는군."

그는 미소를 지으며 말했다.

"다녀오게, 존. '영혼'이 향하는 대로…. '자신'을 넘어 '자기'라는 존재를 살아 내 보게. 영혼을 놀게 해 주는 거야. 이 세계는 영혼의 놀이터지. 무슨 일 있으면 언제든지 여기로 돌아오게."

"감사합니다."

눈을 감았다.

'그럼 이제 어디로 갈까?'

마음을 고요히 하고 느껴봤다. 남쪽을 가리키는 방향이 따스하게 느껴졌다.

'좋아, 남쪽으로 가 보자!'

"결정한 것 같군."

"네, 남쪽으로 갑니다."

레드르크는 천천히 고개를 끄덕였다.

하늘은 푸르고 맑게 개어, 마치 갓 닦은 거울처럼 호수면이 뾰족한 울름산 봉우리를 비추고 있었다. 물 위의 아침 햇살이 반짝반짝 되비치면서 내 몸은 눈부시게 빛났다. 그 빛을 두르고 나는 바람이 되었다.

진정한 나를 찾아서

이 책을 쓴 도네 다케시刀根健는 2016년에 폐암 말기 진단을 받고, 이듬해에는 온몸으로 암이 전이되어 의사한테 직접 '지금 당장 죽을 수 있다'는 말을 들었다. 한 달이나 일주일의 시한부 선고도 아니고, 어찌 오늘 바로 죽음이 들이닥친다는 말인가! 그것도 왜 하필 나에게…?!

하지만 그 절망적인 상황에서 작가는 자기 자신을 철저히 되돌아보는 중대한 전환기를 마련하면서 폐암을 거의 극복하였다. 그동안 그는 자본주의 회사원의 개 같은 삶을 버리고 진정한 나를 찾아서 멀고도 험한 여행을 떠났다. 비로소 그는 '죽임을 당하는 것일까? 아니면 죽음을 택하는 것일까?'라는 궁극적인 주체의 의문에 맞닥뜨리게 되었다. 그 기나긴 내면 기행의 산물이 장편 우화소설 『깨달음을 얻은 개』이다.

우화寓話는 동식물에 사람을 빗댄 이야기로서 풍자를 통해 교훈을 전달한다. 보통『이솝우화』처럼 도덕적이고 설교적인 내용을 담아 간명한 형식을 취하므로 독자들은 보다 쉽게 그 이야기의 진실에 접근할 수 있다.『깨달음을 얻은 개』는 개·늑대·멧돼지·말·곰·토끼·사슴·여우·쥐·올빼미 등 온갖 동물들을 의인화하여 '진정한 나란 무엇인가'를 다양하게 점층적으로 깨우치는 데 그 구성상 특징이 있다.

원래 일본의 대표적 우화소설로는 나쓰메 소세키의 처녀작『나는 고양이로소이다』(1905~6)를 든다. 여기서는 고양이가 주인공으로 등장하여 인간들을 비난하고 조소한다. 그 이후 일본에서 우화소설이 어떻게 전개되었는지를 분석하는 것은 역자로서는 너무 어려운 과제이다. 다만『깨달음을 얻은 개』는 '아마추어의 순수함'이 묻어나는 작품이라는 사실 하나만 우선 지적해 두고 싶다.

작가는 블로그에서 일본 원서의 출간일과 자기 생일이 똑같은 날이라고 즐거워하며 너스레를 떨고 있다. 그의 천진난만한 모습은 보는 이들에게 은연중 미소를 선사한다. 이렇게 삶의 소소한 우연을 귀중히 여기는 단순성이 어쩌면 이 소설에서 '진정한 나'를 찾는 바탕이 되지 않았을까? 동심 어린 순박함은 스스로 그러한 자연에 가깝기 때문이다. 이런 면에서, 이 소설은 모두 처음부터 끝까지 자연 속에서만 이루어지고 있느니만큼 그 자연이란 배경은 결코 우연이 아니라 필연적 요소임을 눈여겨볼 필요가 있다.

이 책은 한때 주인의 말을 잘 듣던 사냥개 존의 이야기다. 주인과 사냥개의 관계는 갑과 을의 수직적인 주종 관계를 충분히 상기하도록 설정되어 있다. 늘 어딘가에 소속되어 주어지는 일만 하다가 그 일이 채 끝나기도 전에 또 다른 일들을 부여받아 오직 그 목표 달성을 위해 달려가는 사냥개 존! 바로 그 개는 자본주의의 인간 군상들을 투영하고 있는 상징물인 것이다. 그러므로 이번 기회에 독자들도 진정한 나를 찾아서 자기 마음에 관심을 좀 기울인다면, 이 책을 자아를 탐구하는 '내면 기행 소설'로 더 깊이 읽을 수 있으리라….

이 소설의 줄거리는 다음과 같다.

평생 주인의 노예로 살아온 사냥개 존은 어느 날 늑대에게 이상향 '하이랜드'에 대해 듣는다. 이를 계기로 존은 난생처음 '영혼의 소리'에 따라서 '진정한 자신'을 만나기 위해 드디어 주인의 울타리를 탈주하여 필사적인 대장정을 감행한다. 그는 긴 여행 내내 여러 동물들을 만나 싸우고 얘기하면서 자기도 모르게 정신적으로 치유를 받는다. 그는 최종 목적지인 하이랜드로 가는 동안 수많은 중간 기착지를 거친다. 그 여정에서 모든 만남과 사건은 '영혼의 계획'으로서 의미가 있음을 깨달으며, 매 순간마다 '영혼의 소리'를 들으려고 집중한다.

존은 하이랜드라는 꿈나라로 가는 종점인 울름산에 이르러 늙은 늑대 레드르크를 만나 스승으로 모시며 장기간 배운다. 그는 자신의 내면(=마음)에 일어나고 있는 것을 그저 그대로 관조하기 위해 자연 속에서 오랫동안 혼신의 노력을 다하여, 마침내 그토록 원하던 하이랜드를 관념상으로나마 '발견'함으로써 여행은 대단원의 막을 내리게 된다.

흔히 인생은 나그넷길에 비유된다. 자기를 돌아보는 여행은 깨달음의 주체와 직결되어 있으니, 더욱 특별한 가치가 있다. 그러나 요즘 사람들은 먹방 여행, 골프 여행은 가도 자기로의 여행은 절대 가지 않는다. 만약 탈주하기 전의 사냥개 존처럼 주인에게 예속되어 역할 경쟁에만 익숙해진다면, 정녕 자기가 무엇인지도 모른 채 어느덧 인생은 저물고 말 것이다.

이제는 독자 여러분이 나만의 하이랜드를 찾아가는 용기를 내도 좋으리라. 이 소설의 주인공 존은 개 같은 삶을 버리고 진정한 나를 찾았다. 깨달음은 멀리 있지 않고 지금 여기 자신에게 있었다. 작가의 말 그대로, "우리의 본질은 '자유'이다. 우리는 '길러지기' 위해서 태어난 것이 아니다." 진정한 나는 진정한 자유 위에서 진정한 영혼으로만 설 수 있다.

인생은 선택의 연속이다. 그 선택의 기준은 무엇일까. 아마 자신이 처한 현실적인 상황을 먼저 고려할 것이다. 결국 가장 중요한 자신의 마음이 배제되어 버린다. 하지만 이 책을 읽은 우리는 마음이 이끄는 쪽으로 살아야 할 당위성을 알게 된다. 마음의 소리를 귀담아들으면 언젠가는 진정한 나에게로 다가설 수 있지 않을까…?

작가 도네 다케시는 여느 소설가와 달리 회사 경험이 풍부하다. 그가 이 소설에서 주인과 사냥개라는 주노 관계를 실감나게 표현함으로써 독자로 하여금 자본가와 노동자의 지배·종속 관계까지도 얼른 연상하도록 한 것은 상당한 강점이다. 허나 그 서술 방식에 있어서, 객관적 묘사로 형상화하여 어떤 전형을 창조하기보다 주관적 논리로 체계화하여 특정 이론을 설파하는 한계가 있다. 즉 작가가 '진정한 자신의 소리'라고 하는 '영혼의 소리'를 강조하면서 소설의 형식을 벗어나 철학 에세이로 경도된 것 같아 못내 아쉬움이 남는다. 이런 소설적 실천의 부재는 진정한 자신을 행동doing이 아니라 존재being로 파악하는 데서—이는 형상 자체를 거부하는, 일종의 선험적 관념론이다—비롯된 것이 아닐까 한다.

끝으로, 이 글은 21세기문화원 류현석 원장님께서 검토해 주셨음을 밝혀 둔다.

2022년 5월 10일
옮긴이 강소정

깨달음을 얻은 개

2022년 6월 1일 초판 1쇄 인쇄
2022년 6월 10일 초판 1쇄 발행

지은이 도네 다케시
옮긴이 강소정
펴낸이 류현석

펴낸곳 21세기문화원
등 록 2000.3.9 제2000-000018호
주 소 서울 성북구 북악산로1가길 10
전 화 923-8611
팩 스 923-8622
이메일 21_book@naver.com

ISBN 979-11-973329-3-7 03830

값 18,000원